Luisito

Seix Barral

Susanna Tamaro

Luisito

Una historia de amor

Traducción del italiano por
Guadalupe Ramírez

Título original:
Luisito. Una storia d'amore

Primera edición: enero 2009

www.susannatamaro.it

Avda. Diagonal, 662-664 - 08034 Barcelona
www.seix-barral.es

ISBN: 978-84-322-3184-1
Depósito legal: B. 54.881 - 2008
Impreso en España

El papel utilizado para la impresión de este libro
es cien por cien libre de cloro
y está calificado como **papel ecológico**.

Para Maria Pontoni
y para todas las maestras
que viven su oficio con pasión

1

Al principio se sorprendió. ¿Qué podía haber ahí debajo sino una rata gorda? Había poca luz, sólo se entreveían bolsas de plástico, cristales, latas y restos de comida en descomposición.

Una vez, en la televisión, había visto un documental ambientado en Canadá. Allí los cubos de basura se habían convertido en gratos lugares de encuentro para los mapaches; al atardecer abandonaban los bosques de coníferas y durante toda la noche hurgaban dentro con sus manecillas negras. ¡Sería muy distinto encontrarse con un mapache que con una rata!

En cambio, aquí, los contenedores atraen sólo a gatos callejeros, perros sin amo y ratas de alcantarilla gordas y grasientas; desde hace unos años se añade también la posibilidad de tropezarse con un recién nacido que ha pasado directamente del calor de la placenta al frío de una bolsa de supermercado.

Sin saber qué hacer, Anselma permaneció inmóvil mirando hacia el punto de donde procedía aquel insólito ruido, las asas de la bolsa empezaban a cortarle los dedos.

Pasó un autobús, iluminado y vacío. El conductor parecía cansado y tenía la camisa empapada de sudor. Aunque ya era de noche no había el más mínimo soplo de viento, todo parecía tranquilo.

«Se deberá al calor», se dijo, y, levantada la cubierta de plástico oscuro, tiró su basura en aquella oscuridad maloliente.

Estaba ya cruzando la calle cuando a sus espaldas se oyó un extraño sonido. No era un chillido de roedor, ni tampoco el lamento de un recién nacido o de un perrito hambriento.

Parecía más bien la voz de una rana, de un sapo, pero ¿era posible que un batracio hubiese escogido como domicilio, en lugar de un estanque, un trozo de asfalto mugriento? Aparte de los pegajosos líquidos pútridos de la descomposición no existía ningún otro líquido en los alrededores. Los animales, había oído decir en un documental, modifican sus costumbres para adecuarse a las nuevas oportunidades que les ofrece la sociedad. Las ranas, pues, hubieran podido emprender el mismo camino que los mapaches ya que en torno a la «plataforma ecológica» revoloteaba siempre una gran cantidad de insectos.

«¡Krak!»

Estaba ya del otro lado de la calle cuando el sonido se volvió a oír más nítido.

«¡Krak!»

Esta vez Anselma no tuvo la menor duda: algo vivo y extraño se ocultaba allí. La curiosidad prevaleció sobre el miedo y con un viejo palo de escoba abandonado, volvió al lugar. Con cautela hurgó entre la basura.

«¡Krak!»

Apartó un cartón de leche vacío y se sobresaltó maravillada: era como si un fragmento de arco iris se hubiera dignado posarse en el suelo: entre los colores verde, amarillo, azul, rojo y celeste resaltaba el negro brillante de los ojos. Los párpados estaban un poco entornados y la cabeza ligeramente hundida entre los hombros, si es que se pueden llamar hombros los de un papagayo.

¿La estaba mirando?

A Anselma le pareció que sí.

«Krak.»

«¡Krak!», repitió automáticamente Anselma.

«¡Krak! ¡Krak!»

¿Qué era ese sonido sino una petición de ayuda? El pobre animal no estaba bien, puede que llevara días allí, sin comer ni beber; podía tener un ala rota o, peor aún, haber sufrido la agresión de las insoportables mordeduras de las ratas.

Lentamente Anselma se desató el delantal, se lo

quitó y, con una agilidad que ni ella misma creía tener ya, se lo lanzó encima. De debajo de la tela a flores, salió un débil «krak, krak».

«¡Krak!», respondió ella aferrando el fardillo con una autoridad que no admitía réplicas.

Era más liviano de lo que se esperaba y estaba templado. Movía el pico sin demasiada fuerza, como si quisiera liberarse de la inesperada reclusión.

Anselma recorrió con paso rápido la corta distancia que la separaba de su casa. Bajo los neones que iluminaban la calle, las cosas parecían planas. Caminaba y sentía dos corazones, el suyo y el del pequeño animal que sujetaba entre sus manos.

Al entrar en el apartamento buscó un lugar donde colocarlo. Se acordó de que en el trastero había una vieja jaula para canarios pero lo descartó de inmediato: era demasiado pequeña. Hubiera debido atarle una pata pero, aparte de la del tapón de la bañera, no tenía ninguna otra cadena. Y, además, no habría sabido cómo hacerlo.

Sólo quedaba la solución clásica, la caja de zapatos agujereada, pero hacía falta una de grandes dimensiones. Se acordó de una caja grande que precavidamente había conservado y se dirigió hacia el trastero.

En aquel momento sonó el teléfono. Sólo entonces se dio cuenta de que eran ya las diez. Hacía años que Giulia y Massimiliano, sus hijos, la llamaban a esa hora —hora en la que la tarifa es mucho más barata— y lo hacían cada semana alternativamente, sin equivocarse nunca de turno.

«Mamá, soy yo», dijo la voz aguda de la hija y a continuación se puso a hablarle de su viaje a la playa, de las desastrosas notas de la nieta adolescente y de las medusas que, como en una película de horror, asediaban con sus tentáculos de color violeta toda la playa.

El papagayo empezó a debatirse con más fuerza entre sus manos y Anselma cortó la conversación.

«Perdona, me estoy yendo a la cama...»

«¿Tan pronto? ¿No te encuentras bien?»

«Estoy muy bien y...»

«¡Krak!»

«¿Mamá...? ¡¿Hay alguien ahí contigo?!»

«¿Quién quieres que haya?»

«Mamá no nos inquiet...»

«¡Buenas noches!», dijo, y colgó.

El papagayo había conseguido agarrarle con el pico la yema de un dedo.

Cuando por fin encontró la caja, recortó un agujero para la cabeza y lo metió dentro. Tras unos cuantos arañazos en el cartón y algunas débiles tentativas de rebelión, apareció su cabeza coloreada por el agujero.

«Krak, krak.»

¿Qué comen los papagayos? Anselma no lo sabía. Aparte de los que aparecían sobre los hombros de los piratas en las películas, no había visto ninguno en su vida. Eran muy longevos, esto lo recordaba, y según un documental que había visto hacía poco sobre el cerebro de los animales, parecían ser incluso más inteligentes que muchos perros.

«Krak.»

Lo primero que hizo fue ponerle un cuenco con agua: no había visto nunca una lengua tan corta y fuerte, parecía casi un dedo. El papagayo bebió un buen rato a pequeños sorbos, entornando los ojos de placer.

Después del agua, Anselma probó con un trozo de manzana que, en pocos segundos, desapareció en su pico. ¡Un éxito rotundo! En lugar del «krak» habitual contestó con pequeños «krak, krak, krak».

¿Era su manera de darle las gracias? De golpe se sintió muy cansada y, llevando consigo la caja, se retiró a su habitación.

Los acontecimientos de esa noche la habían alterado. El sueño fue ligero y atormentado. El ventilador, en funcionamiento, parecía repetirle a cada giro: *¿Por qué lo has cogido? Estabas tan bien sola, será sólo un incordio, ¿por qué lo has cogido? Podías haberlo dejado allí, a su destino.* En el entresueño, fragmentos, rostros y situaciones de su vida pasada irrumpían en su memoria. *¿Qué sentido tiene todo? ¿Qué* *sentido tiene todo?*, parecían preguntar, ahora, las aspas del ventilador mientras arremolinaba el aire.

Al amanecer pasó una ambulancia debajo de su ventana.

A las siete, en la habitación en penumbra, resonó un «¿krak?», seguido de otro «¡krak!» perentorio.

«Ya va», respondió entonces Anselma y, sin pensarlo, añadió: «Luisito.»

Aquella noche, de entre las numerosas imágenes confusas del pasado que afloraron, estaba también la de ella, Luisita, su compañera de pupitre en la escuela de magisterio. La veía en un día ventoso, despeinada y con los ojos entornados en el aire dorado del atardecer.

La memoria era, en efecto, muy extraña, a veces se comportaba como un prestidigitador, sacudía el sombrero de copa y extraía instantáneas que se creían olvidadas para siempre.

Aquélla, por ejemplo, se remontaba a una excursión que habían hecho, con la clase, a Venecia, el último año de escuela. De pie, apoyada a la barandilla del transbordador, Luisita sonreía. El inminente final de los estudios, las posibilidades que la vida les presentaba, el límpido día de primavera, unido a la belleza de los lugares visitados, todo ello convertía aquellos instantes en algo verdaderamente especial.

Por la tarde habían ido a Murano y habían visitado una fábrica de objetos de vidrio. Ante sus ojos, un hombre bronceado, con camiseta blanca y pantalones azules, soplando por una larga caña, había creado, sin esfuerzo aparente, objetos extraordinarios. Antes de salir habíamos comprado dos familias de animales pegadas sobre espejitos: Luisita había escogido cisnes mientras que ella, después de mucho dudar, había optado por los gatitos.

Mientras esperaban el transbordador que las llevaría de vuelta a Venecia, con los frágiles paquetes en las manos, se pusieron a discutir sobre qué era la poesía.

«¿Qué relación hay entre nuestra vida y las poesías que hemos estudiado en el colegio? ¿Saber una poesía de memoria es como saber un teorema o es algo distinto?»

El carácter entusiasta y curioso de Luisita la embarcaba siempre en discusiones que a ella nunca se le habrían pasado por la cabeza.

«¿Qué diferencia hay, después de todo, entre "los cuadrados construidos sobre los catetos" y "Amé siempre esta colina"?»*

* Poema «El infinito», de Giacomo Leopardi, versión española de Carlos López S. *(Todas las notas son de la traductora.)*

«El teorema establece una ley», se había aventurado a decir Anselma, «algo abstracto que puede, sin embargo, tener su lado práctico».

«¿Y cuál es el lado práctico de la poesía? Ninguno. La poesía no sirve para nada, no nos da de comer y no nos permite construir casas, como lo hace la geometría, tampoco nos cura las enfermedades.»

«¿Quieres decir que se podría incluso vivir sin ella?», se arriesgó a decir Anselma.

Mientras tanto había llegado el transbordador y la gente se empujaba para poder subir.

«¡Por supuesto que se podría! Y puede que incluso se estuviera mejor. Mira a tu alrededor, mira a Beccalossi, a Saltimpalo —eran sus compañeras más odiosas—, ¿crees que necesitan la poesía para vivir? ¿O más bien un marido tonto y rico para irlo desplumando como a un pollo? Ellas nunca se preguntarán qué es la poesía, ni qué es la muerte. No tendrán nunca inquietudes, miedos, incertidumbres, su vida será como la de un pato de plástico que flota en una bañera. Tranquila, protegida, sin horizontes. Seguramente vivirán mejor que yo, mejor que tú, pero ¿es de verdad vida la suya? ¿Es una vida deseable? Una vida que te hace decir, en el lecho de muerte: ¿ha sido, a pesar de todo, una extraordinaria aventura? O por el contrario, ¿no es un simulacro de vida? ¿Qué es la vida sin misterio —o sin la voluntad de afrontarlo—, sino un ininterrumpido páramo de bostezos?»

En aquel preciso instante, por casualidad, Beccalossi había bostezado y ellas se pusieron a reír tapándose la boca con las manos. El sol se estaba poniendo, parecía que la laguna de Chioggia quisiera engullirlo, sus rayos iluminaban las aceitosas y centelleantes estelas de petróleo que dejaban las barcas al pasar.

La discusión prosiguió en el tren.

«¿Si no sirve para nada por qué existe?», había observado Anselma.

«Quizá para recordarnos que es justamente lo que no sirve lo que nos distingue de los monos. ¿Para qué sirve la belleza? ¿Para qué sirve la piedad? ¿Para qué sirve la armonía? Las cosas importantes nunca sirven para nada.»

Antes de dormirse, exhaustas, la una sobre el hombro de la otra, Anselma susurró:

«¿No ha sido maravilloso ver nacer, de aquella masa oscura, el esplendor del cristal?»

Se despertaron poco antes de llegar a la estación. En el andén, mientras sus compañeras se despedían, Luisita se le acercó:

«¡Quiero que mi vida sea dúctil y luminosa como el cristal antes de tomar forma!»

La luz de neón de la estación proyectaba una sombra malsana sobre su rostro.

«¿Es una petición o una promesa?»

Luisita se puso a reír, sacudiendo su larga melena cobriza.

«¡Es una certeza!»

«Yo también deseo que la poesía no abandone jamás mi vida», afirmó Anselma, pero el débil sonido de sus palabras quedó ahogado por el chirriar de un tren que pasaba.

Durante los años de escuela, Anselma había envidiado siempre la vitalidad de Luisita. Estaba convencida de que su amiga, gracias a aquel particular carisma que todo el mundo le reconocía, haría grandes cosas en la vida.

Y así fue al principio.

Inmediatamente después del diploma, ganó la oposición para maestra y, a pesar de que la habían mandado a un pueblecito perdido de montaña, consiguió igualmente licenciarse en psicología y publicar un libro sobre el significado de los colores en los dibujos de los niños.

No se había casado, pero probablemente no quedaba espacio para un marido en su vida. Desde los tiempos de la escuela, ya se murmuraba sobre su desinterés por los hombres. Anselma recordaba aún, con cierto rubor, las cancioncitas que cantaban sus compañeras porque Luisita, precisamente durante aquella excursión, le tomó una mano entre las suyas.

Sin embargo, al final, la suya no había sido una

vida afortunada. Poco antes de los cuarenta años enfermó de leucemia y, después de haber luchado denodadamente contra la enfermedad, murió.

Se enteró una tarde de finales de agosto, volviendo de la playa con su marido y sus hijos. Hacía años que se habían perdido de vista. En el buzón encontró una carta suya en la que le contaba de su enfermedad y le preguntaba si podían verse por última vez. Pero llegó demasiado tarde: cuando llamó al número escrito en el sobre, Luisita ya se había ido.

Durante todos esos años se había propuesto ir a su tumba para llevarle flores, pero no consiguió hacerlo nunca.

¿Fue el sentimiento de culpa el que la rescató de la memoria esa noche? ¿O fueron, en cambio, los colores del papagayo que recordaban los del frágil cristal de Murano?

2

Por la mañana, Luisito parecía haberse repuesto, tenía los ojos límpidos y miraba a su alrededor con curiosidad.

Anselma se lo llevó a la cocina. Mientras esperaba que se hiciera el café le ofreció de nuevo un trozo de manzana que fue devorado con más ganas que el de la noche anterior.

Después del desayuno, decidió salir a hacer la compra. Se vistió, comprobó el estado de los elásticos que mantenían la caja cerrada, cogió el bolso con una mano y el carrito de la compra con la otra y abrió la puerta.

Era finales de julio y ya a las nueve el asfalto se pegaba a las suelas como cola hirviendo. En el pequeño espacio sombreado del jardín municipal cuatro o cinco jubilados leían el periódico. Los parterres estaban polvorientos y salpicados de excrementos de perro.

De lejos vio a una conocida suya muy parlanchina que daba de beber a su pequeño perro en la fuente de la esquina. No tenía ganas de perder el tiempo, y siguió recto, fingiendo mirar con interés una vitrina de material eléctrico, aún cerrada.

El gran supermercado del barrio distaba varias manzanas, pero esa mañana no le costaba caminar, inmersa como estaba en sus pensamientos. De que los papagayos no comían carne fresca, estaba casi segura y en el fondo lo esperaba, ya que no lograba verse lanzar cuellos de pavo en medio del salón para que los atrapara al vuelo, o peor aún —como le sucedió a una amiga suya que tuvo en custodia la anaconda de su nieto—, soltar ratoncillos blancos por los cojines del salón. A decir verdad, pensando en ese pico tan ferozmente curvado, alguna duda le quedaba, aunque muy leve. Una vez en el supermercado, miraría las ilustraciones de los envases expuestos en las estanterías de comida para animales.

Las grandes puertas de cristal se abrieron como si la estuvieran esperando.

Empujando el enorme carro, Anselma se percató de lo desproporcionado que era dadas sus escasas exigencias. Por los largos pasillos se encontró con otros jubilados como ella, agarrados como náufragos a esas estructuras de acero. Hacía fresco, casi frío y los altavoces transmitían una música ensordecedora.

Como siempre Anselma se sirvió una porción de queso cremoso, un manojo de zanahorias, un saquito de manzanas y un paquete de arroz. La úlcera que padecía desde hacía tiempo no le permitía mucho más.

Cuando llegó a la sección de los animales, sacó las gafas del bolso y se puso a mirar detenidamente. Para perros y gatos había todo tipo de delicias: patés, galletitas, *soufflés*, salchichas, bombones de carne e incluso cepillos de dientes con dentífrico con sabor de higadillos. La estantería dedicada a las aves estaba mucho menos abastecida: saquitos de arena y huesos de sepia, comida para canarios, para los pájaros tropicales y para las cotorras, galletitas de huevo y, en un ángulo, algunos accesorios para las jaulas, abrevaderos, espejos, columpios y escaleras. De pienso para papagayos, sin embargo, ni rastro.

No le quedaba otra opción que pasar por caja. Delante de ella había tres viudos, los reconocía por la monotonía de sus compras: judías, callos, atún, carne enlatada y algunos cartones de vino corriente.

Cuando llegó su turno preguntó a la cajera dónde podría encontrar una tienda para animales. La chica, extrañamente amable, le indicó el nombre de una no muy distante y para mayor claridad le hizo un plano en el reverso de un viejo ticket.

«Muchas gracias. ¡Esperemos que no esté cerrado!»

«¡Esperemos!», respondió la cajera con una sonrisa alentadora.

Tardó más de veinte minutos en encontrar la tienda. Cuando entró era el único cliente. Pasó al lado de paredes de acuarios llenas de peces de colores y se detuvo delante de una exposición de jaulas de pájaros de todos los tamaños. Había también dos ardillas con rayas en el dorso que corrían incansables dentro de una rueda.

Un joven ceremonioso fue a su encuentro.

«¿Qué desea?»

«Busco comida para papagayos.»

«¿Qué tipo de papagayo?»

Para no infundirle sospechas, Anselma dijo:

«Es de mi nieto, me lo ha dejado durante las vacaciones y he olvidado el nombre.»

El dependiente la acompañó hasta una estantería llena de envases de todo tipo y tamaño. Anselma lo reconoció inmediatamente al ver la foto:

«Mire, es éste.»

«Entonces, es un Amazonas», dijo el joven, bajando el paquete de comida con un largo brazo metálico. Además del pienso compró también arena, galletas, dos huesos de sepia y un trípode de madera y acero con una larga cadena.

Acercándose a casa, aceleró el paso. Se sentía ansiosa ahora que alguien la esperaba; la misma ansiedad que la había atenazado durante su larga vida de esposa y de madre. «¡Qué pesada, mamá!», le replicaban sus hijos, al irse haciendo mayores, «¿qué quieres que pase?». Y, en efecto, nunca sucedía nada.

Ese día, sin embargo, al abrir la puerta de casa, se dio cuenta, con espanto, de que algo había sucedido de verdad. La caja blanca de las botas estaba rota en medio de la mesa de la cocina, los elásticos estaban aún en su lugar, pero en el centro había un gran agujero. Luisito debió de trabajar con la meticulosa paciencia de los condenados a cadena perpetua para lograr escapar.

Por suerte había tomado la precaución de no dejar ninguna ventana abierta.

«Luisito...», dijo con voz trémula. «¡Luisito!»

Nada.

Se oían sólo las voces del televisor demasiado fuerte de su vecino, un escorbútico militar jubilado.

«¡Luisito!», gritó entonces, con la autoridad que usaba durante sus años de colegio.

Del pasillo se oyó un rápido aleteo y el papagayo se posó en un brazo de la lámpara de cristal de Murano.

«Krak, krak.»

Anselma suspiró aliviada.

«Ah, menos mal que eres obediente. Mira qué cosas más buenas te he traído», dijo, mientras ponía en la mesa cuencos con agua y pienso y montaba el trípode cerca de la ventana.

Tras dos revoloteos circulares, Luisito aterrizó sobre el mantel y al momento comenzó a comer con apetito.

Anselma se preparó arroz con aceite y una zanahoria rayada y se sentó a la mesa mirando a su nuevo amigo. Justo cuando estaba pensando en cómo capturarlo, el papagayo alcanzó la percha de madera y, después de desperezarse, encogió una pierna y escondió la cabeza debajo del ala para descansar.

Tras lavar los platos, Anselma siguió su ejemplo: se tumbó en el sillón con los pies apoyados en el puf y encendió el televisor. Como siempre, en el mundo, la gente se mataba un poco en todas partes; como siempre, durante el verano, se informaba de los atascos en las autopistas y se pronosticaba que muchas personas mayores morirían por el calor.

Quién sabe por qué, se preguntaba Anselma, todos los veranos la normalidad de los días se transformaba en una emergencia. Estallaba, con gran alarma, la emergencia por el calor canicular, la emergencia por el tráfico, la emergencia por los ancianos, la emergencia por las medusas, la emergencia por las algas. Por no hablar de la emergencia de los perros, abandonados en carreteras y autopistas para que sus amos, untados de aceite como sardinas, pudieran moverse en las playas al ritmo de alguna música tribal. Cada vez, antes de pronunciar la palabra emergencia, el locutor se inclinaba hacia el telespectador, dilatando las pupilas. «Se debería hablar también de la emergencia por los papagayos», pensó Anselma, cerrando los ojos.

Durante el breve sueño que siguió, soñó con decenas de papagayos y canarios que golpeaban desesperadamente con el pico el cristal de la cocina, después siguieron extraños peces blandos, como si fueran de goma, y tortugas alargadas que salían de los grifos de la casa.

Por la tarde, el calor se hizo más pesado. Anselma bajó hasta la mitad las persianas y se sentó en la mesa para intentar terminar un crucigrama a medio hacer.

Desde el trípode, Luisito seguía con interés sus movimientos. Cuando Anselma hizo un gesto brusco para espantar una mosca y el bolígrafo rodó hasta el suelo, el papagayo planeó por encima, lo agarró con una pata y volando hasta la mesa se lo ofreció a Anselma.

«Oh, gracias...», dijo con estupor.

«Gracias a ti», graznó Luisito.

Esa noche, a las diez y un minuto, sonó el teléfono. Anselma, que le estaba dando a Luisito un trozo de plátano, lo dejó sonar más tiempo que de costumbre. Cuando al final lo cogió, la voz vagamente nasal de su hijo Massimiliano tenía un tono alarmado.

«Mamá, ¿dónde estabas? Empezaba a preocuparme.»

«¿Por qué?»

«Normalmente respondes a la tercera o cuarta señal.»

«Normalmente.»

«¿Estás bien?»

«Muy bien.»

«¿No hace demasiado calor?»

«Tengo las persianas bajadas.»

«Te diría que vinieras a la montaña con nosotros, pero, como sabes, la casa está llena. Podría buscarte una habitación en alguna pensión, si quieres.»

«Déjalo, estoy muy bien en la ciudad.»

«¡Te paso a los niños!»

Dos vocecillas estridentes y apresuradas gritaron «Hola, abuela» por el aparato antes de ser reabsorbidas por el bullicio de fondo del televisor y de los videojuegos.

«¿Has pensado en la proposición que te hemos hecho?»

El tono de Massimiliano no era muy distinto del de los locutores cuando anuncian una nueva emergencia.

«Ni siquiera la tomo en consideración.»

«La última vez parecías menos renuente.»

«Las cosas cambian.»

Anselma oyó, como lejana, la voz de la nuera, que susurraba: «¡Corta ya! Ya sabes lo tozuda que es la vieja.»

«¿No tienes nada que decirme?», intentó de nuevo el hijo con hipócrita aprensión.

«¡Sí, buenas noches!», dijo Anselma, colgando el aparato.

Esa noche, por primera vez, Luisito se le posó en el hombro. Estaba ya en camisón e iba a lavarse los dientes. Temía que sus garras fueran puntiagudas; sin embargo, se posó con gran delicadeza.

Mientras estaban delante del espejo, le rozó con el pico el lóbulo de la oreja.

«¿Es un beso?», preguntó Anselma, levemente ruborizada.

«¡Krak!», respondió el papagayo agitando las alas.

3

El aire estaba tan saturado de humedad que ni las palas del ventilador lograban crear un mínimo de frescor. Apagó la lámpara de la mesilla de noche y al momento dos mosquitos empezaron a zumbarle en los oídos. Por rápido que encendiera la luz y sacudiera la revista de crucigramas, los dos mosquitos conseguían siempre escapar a sus golpes.

Luisito dormía en su trípode, en la cocina. Estuvo tentada de llevárselo a la habitación, pero la idea de que volara por encima de la cama mientras ella dormía la asustaba. Aún no estaba del todo acostumbrada a su presencia.

Del bar de abajo llegaban risas y voces y un vaivén de ciclomotores hería el aire con sus tubos de escape. Desde que se había inaugurado el local, las noches se habían transformado en un infierno. Los vecinos habían llamado repetidas veces a la policía, pero no sirvió de nada. La única réplica provenía del carácter irascible de su vecino: a una cierta hora abría la ventana de par en par y tiraba cubos de agua, gritando: «¡Haría falta una guerra!»

Como venganza, alguien había escrito «fascista de mierda» al lado del portal.

Haría falta una guerra, sí, pensó Anselma dándose la vuelta en la cama. Haría falta una guerra para empezar a distinguir lo que es esencial de lo que no lo es. Hay demasiadas cosas en el mundo y toda esa abundancia no ha hecho otra cosa que aumentar la mala educación. Ahora todos pretenden tenerlo todo. *Gracias*, la palabra mágica —como les decía a sus alumnos: mágica porque abría todas las puertas y cerraba con delicadeza las que debían cerrarse—, había desaparecido de los labios del mundo civilizado. En su lugar, en el mejor de los casos, se emitía una especie de gruñido. Durante unos años, con insistente tozudez, había sugerido a sus nietos usarla, junto a su hermano *por favor*.

«¡Quiero agua!»

«Quiero agua, ¿y qué más...?»

«¡Y después quiero Nocilla!»

Cuando tenía ocho años, el mayor soltó:

«¡Jo, abuela, qué pesada! Está pasado de moda. ¡Ahora nadie lo dice y el mundo sigue adelante!»

En aquella época sabía ya que había perdido la

batalla con su descendencia. No sigue adelante, retrocede, hubiera querido gritar, va hacia el abismo de la barbarie, pero se quedó callada. Según ellos, se les debía todo. Expresar de forma arrogante sus exigencias era la única manera que tenían de manifestarse. Pero ¿era verdad que se les debía todo? ¿De verdad se podía atravesar la vida sin expresar jamás ni una brizna de gratitud?

Para buscar un poco de frescor, dado que su lado estaba húmedo por el sudor, Anselma se desplazó hacia la parte de Giancarlo. Si bien era, desde hacía años, la única e indiscutida dueña de la cama, lo hacía rara vez. Las sábanas estaban estiradas y frescas, los muelles no chirriaban tanto como los de su lado.

Sobre la mesilla de noche de Giancarlo quedaba sólo el despertador, parado desde el día de su muerte. Se lo había regalado su madre cuando obtuvo el diploma de contable. Durante treinta años, cada noche, antes de apagar la luz, le había dado cuerda con idéntico gesto. Su molesto repiqueteo atravesó durante treinta años el silencio de sus noches.

Hubiera podido tirarlo, pero en el fondo le gustaba más verlo ahí, mudo al fin.

A lo largo de los treinta años de matrimonio, su

madre también le había regalado todos los pijamas. Una vez, en uno de sus raros y veloces momentos de intimidad, quiso decirle: «Tengo la sensación de que siempre somos tres», pero no tuvo el valor de hacerlo.

Se lo había confiado a una amiga suya de aquella época.

«¿Te das cuenta sólo ahora?», le respondió y, riendo, añadió: «Para ser dos en el matrimonio, habría que casarse con un huérfano.»

4

Giancarlo tenía doce años más que ella y se habían conocido en un refugio de montaña. Ella fue sola de excursión —distaba poco del valle donde enseñaba—, mientras que él fue con socios de un círculo recreativo del que formaba parte. Al ser el último de su grupo en llegar, no encontró sitio en otras mesas, y le preguntó a ella si podía sentarse en la silla vacía que estaba a su lado. Anselma se dio cuenta de que cojeaba ligeramente y él le confesó en seguida el motivo: lo hirieron durante la guerra, en una acción que —según decían sus camaradas— por audacia y valentía habría merecido el reconocimiento de una medalla al valor. Añadió que era contable y que trabajaba como agente de comercio pero que en su fuero interno, desde siempre, aspiraba a algo más elevado.

Después, permanecieron largo rato en silencio contemplando el perfil de las montañas, el terso cielo, el vuelo de un gran rapaz a lo lejos. Giancarlo suspiró profundamente.

«No sé cómo se puede vivir sin contemplar el mundo desde lo alto. Sin esta altura no puede haber nobleza.»

Anselma no entendió muy bien lo que quería decir; sin embargo, quedó impresionada por su tono inspirado.

«¿A usted también le gusta la poesía?», preguntó tímidamente.

«Por supuesto, la poesía de las cumbres, la poesía de una puesta de sol sobre el mar, la poesía de todo aquello que recuerda la belleza, como los ojos de una joven.»

Sin darse cuenta se ruborizó, como si hubiera hablado de ella.

«¿Las escribe también?»

Giancarlo tosió ligeramente.

«Sí. Pero no a menudo, sólo cuando tengo inspiración. Por ejemplo, ahora, me hubiera gustado plasmar en un papel un instante como éste.»

Esa noche, delante del espejo del baño, Anselma se dio cuenta de que tenía el rostro enrojecido por el sol; es más, era como si el sol la hubiese penetrado y hubiese transformado sus ojos en minúsculas estrellas.

Luisito la despertó de aquel sueño denso y confuso poco después del amanecer, repitiendo alegremente su «krak, krak, krak». A Anselma le pareció que la estaba regañando, que le quería decir: «Levántate, perezosa.» Se sintió culpable al instante. «La mañana tiene oro en la boca»* era la frase que le gustaba repetir a sus alumnos cuando aún enseñaba.

Todavía recordaba con ternura lo que dijo un alumno de tercero: «Si la mañana tiene oro en la boca, espero que por la noche tiene plata.» Con dos trazos de lápiz rojo subrayó el verbo, escribiendo al lado «Tenga, no tiene». No obstante, durante la clase siguiente quiso responder a la pregunta implícita en ese pensamiento, explicándoles el valor del tiempo. El oro de la mañana, había dicho, no es real, como el de las cadenitas o pulseritas, sino simbólico. Con la palabra oro se pretende indicar una cosa importante, una cosa de gran valor. El que se despierta temprano logra hacer muchas cosas y quien logra hacer muchas cosas tiene más probabilidades de tener una vida más rica y bella que el que duerme hasta tarde.

«Tenemos que imaginarnos nuestra vida como una casita que construimos lentamente, ladrillo a ladrillo. El lugar donde se hallará no es físico sino que está hecho de tiempo. Ahora estáis aquí, después pasaréis a la enseñanza superior, más tarde ha-

* Refrán italiano.

réis el servicio militar. Algunos empezaréis a trabajar, otros iréis a la universidad. Pues bien, todas esas etapas serán los ladrillos que, año tras año, construirán vuestra casa.»

Un niño de la segunda fila, quizá fuera Giovannini, levantó la mano:

«¿Como con el Lego?»

«Así es, como una casita del Lego.»

«Y al final, ¿qué se hace?»

«Al final, niños, se pone el techo, así no llueve dentro, y además, también una buena chimenea...»

Un pequeñín de la primera fila cuyo nombre no recordaba se levantó.

«Entonces, ¿cuando nos morimos salimos de ahí, como Papá Noel?»

No pudo contestarle en ese momento porque en el mismo instante sonó la campana del final de clase y los niños salieron corriendo del aula.

Mientras contemplaba el alba desde la ventana de la cocina, en camisón y con una taza de cebada soluble en la mano, Anselma pensó que quizá aquélla no fuera la única interpretación. Puede que ese oro se refiriera simplemente a la luz del día que, asomándose sobre el mundo, hace resplandecer todas las cosas. A esa hora, hasta los oleandros y los almeces polvorientos del triste jardín al pie de su casa parecían dignos de un parque real.

5

La mañana siguiente, Luisito y ella desayunaron juntos en la cocina, uno delante del otro: tostadas con mermelada para ella y un cuenco con semillas de girasol y trocitos de manzana para él. Anselma, divertida, lo observaba saltar sobre los manteles individuales con sus andares de pingüino. Parecía un payaso.

Después de haber quitado la mesa, Anselma le tendió el antebrazo y, antes incluso de pronunciar su nombre, Luisito se posó en él.

«Mira», dijo, sintiéndose de nuevo como en los tiempos del colegio, «como ya me has dado un beso, será mejor que te aprendas mi nombre. Me llamo Anselma, A-N-S-E-L-M-A. Es un nombre horrible, ya lo sé, pero no tengo otro. La culpa la tiene mi abuelo Anselmo y una cantilena que nos enseñaban de niños, aquella del valiente Anselmo que se fue a la guerra y se puso el yelmo. Horroroso. De pequeña lloraba siempre, después me acostumbré. Venga, repite conmigo: An-sel-ma An-sel-ma».

Luisito giraba la cabeza de un lado a otro, tratando de aprendérselo. De vez en cuando abría el pico, moviendo lentamente la lengua corta y gris. Cuando el sol alcanzó la puerta del aparador —y así supo que eran las nueve— Anselma terminó la clase. Se lavó, se vistió y después de rogarle a Luisito que se portara bien, salió a comprar el pan.

De vuelta a casa, decidió poner un poco de orden. La cocina, el dormitorio y el salón estaban perfectamente, pero hacía años que no tocaba la habitación de los hijos y el gran trastero de detrás del balcón. Probablemente estaba lleno de telarañas y de polvo, como sucede en los lugares deshabitados de las películas de terror o en las estancias de los castillos hechizados.

Y, a fin de cuentas, ¿no había sido así su vida durante los últimos años? Parecía que la varita mágica de un malvado mago lo hubiese congelado todo. Había nieve en su corazón y hielo en sus miembros. Esa nieve y ese hielo la acompañaban a todas partes y helaban todo lo que estaba a su alrededor.

¿Cuándo había empezado el hechizo?

¿A la muerte de Giancarlo?

¿O mucho antes?

¿Cuándo había sido la última vez que se había sentido realmente viva?

Los recuerdos empezaron a emerger como la punta de un iceberg. Una parte estaba fuera, iluminada por la potencia del sol, y la otra, desproporcionadamente grande, estaba debajo, helada por la profunda oscuridad del mar.

Recordaba aún aquella especie de alegre excitación que había experimentado en Murano con Luisita, convencidas ambas de que la vida les habría ofrecido algo extraordinario. Sin embargo, más tarde, aquella euforia se fue diluyendo lentamente a lo largo de los años que siguieron a la licenciatura. Años pasados deambulando por Italia, persiguiendo suplencias: pueblecitos perdidos en medio de valles inhóspitos, aulas heladas y alumnos con sabañones, padres cohibidos que venían ofreciendo huevos, coles, gallinas y botellitas de un aguardiente mortal hecho en casa.

A pesar de todo era siempre emocionante, el primero de octubre, entrar en una nueva clase y ver todos esos ojos atentos y algo asustados, esos flequillos peinados con agua, los zapatos lustrosos y los cuadernos por estrenar.

Había un olor particular allí dentro, sólo con el paso del tiempo comprendió que se trataba del olor de los polluelos: hacía poco que habían abandonado el nido, pero el olor a leche, a cocina, a colada flotaba aún en torno a ellos. Pronto aprenderían a volar, pero de momento estaban agazapados detrás de los pupitres, con los ojos muy abiertos, llenos de preguntas.

Por la noche, en su habitación alquilada, corregía los deberes con el lápiz rojo y azul. A veces daba también clases a algún adulto analfabeto. Las sillas crujían por el peso de los cuerpos; quizá era la incomodidad la que provocaba esos movimientos. Tenía aún ante los ojos sus fuertes manos, estropeadas por el trabajo, dedos que tocaban la pluma con delicadeza, como si fuera de cristal.

Cuando no tenía clases ni deberes pasaba las tardes leyendo poesía o novelas, o bien le escribía a Luisita. También ella enseñaba en un valle solitario y también tenía tardes enteras para reflexionar sobre la vida.

Durante esos años, los años de la primera juventud, el futuro era todavía algo misterioso que se iba abriendo delante de ellas. Lo cubría un velo, cierto, pero ese no saber no las asustaba ni les producía ansiedad. Estaban seguras de que su mañana sería luminoso.

Entonces no había frío en su corazón, ni hielo en sus entrañas. La nieve estaba fuera y era bonito ver caer sus maravillosos copos geométricos que se transformaban, sobre la tierra, en banales gotas de agua.

¿No había sido, en el fondo, también ése el recorrido de su vida? ¿Y no había acabado así la de Luisita? La muerte la esperaba a la vuelta de la esquina cuando aún estaba en el esplendor de la vida, mientras que a ella la había penetrado poco a poco, gota a gota, como la morfina que administran a los moribundos.

Aquellos años en la montaña, años durante los cuales sus polluelos la esperaban piando en clase, fueron los más llenos de auténtica vida. Todas las mañanas se levantaba y estaba segura de que su existencia tenía sentido. ¿Qué podía ser más bonito, más emocionante, que ver todos esos ojos atentos que esperaban aprender?

«Gracias», susurraban cohibidos los padres, mientras ofrecían sus dones. «Gracias por todo lo que hace.»

«Y ¿qué hago?», respondía siempre. «Sólo cumplo con mi deber.»

Pudo escoger estudios de administración; sin embargo, se inscribió en magisterio: enseñar había sido siempre su sueño, su pasión. Y hacer las cosas con pasión, se decía, era como vivir la propia vida con música de vals, siguiendo la gracia del ritmo. Todo era más fácil.

Mientras seguía quitando de en medio los montones de objetos inutilizados del trastero, encontró su vieja colección de discos. Salvo unos cuantos de 45 revoluciones —con las canciones ganadoras de los viejos festivales de San Remo—, el resto eran todos de 33. Las óperas —*La Traviata*, *El Barbero de Sevilla*, *Rigoletto* y muchas otras— estaban guardadas en estuches cubiertos de polvo, encima de los queridos elepés de canciones napolitanas, otra de sus pasiones.

Cuando todavía frecuentaba el instituto de magisterio adoptó la costumbre —gracias a un abono para estudiantes— de ir a la ópera los domingos por la tarde con Luisita, Maria Pia y Enrico, el único varón de la clase. Al principio, a decir verdad, desde el gallinero no lograba comprender muy bien lo que decían los cantantes, pero después, a base de escucharlos, llegó a entrar en ese mundo tan lejano del suyo. Se embebió tan profundamente en él, que más tarde, ya casada, con frecuencia se ponía a cantar arias en sus momentos de soledad.

Les quitó el polvo uno a uno, con cuidado, y después, en lugar de devolverlos a su sitio, se los llevó al salón y los puso encima de un taburete, cerca del sillón. Acto seguido volvió a su trabajo de limpieza.

Con meticulosa calma eliminó un montón de objetos deportivos de sus hijos: raquetas de tenis, patines de ruedas, botas de esquí de plástico de dimensiones gigantescas, balones de fútbol deshinchados, bastones de gimnasia rítmica y un par de zapatillas de ballet que un día debieron de ser de raso color rosa y que ahora tenían el de un papel que lleva demasiado tiempo en la calle.

¿Cuántos años hacía que esos abortos de pasiones estaban ahí, abarrotando el trastero? Probablemente veinte, puede que más. Se había hecho la ilusión de que un día pudieran serles útiles a sus nietos, se imaginaba que los llevaba allí, en una tarde especialmente aburrida, y que veía sus ojos brillar ante todas esas maravillas ocultas.

Sin embargo, las cosas no fueron así. Un lluvioso domingo de noviembre, no sabiendo cómo distraerles, los llevó ante aquella maravilla, pero la única reacción que salió de sus bocas, aparte de la mandíbula caída, fue «¿Y qué?».

«Hay muchos juegos aquí dentro», les dijo sonriendo para animarles.

«Y ¿dónde están?», respondieron a la vez.

«Aquí.»

Anselma no olvidaría nunca sus miradas, mezcla de compasión y de leve burla.

«¡Pero si son cosas viejas!»

Cuando veía a sus coetáneas caérseles la baba

por sus nietos, no lograba comprenderlas. A decir verdad, le daban incluso un poco de pena, ya que para aliviar su soledad eran capaces de soportar cualquier cosa.

A Anselma sus nietos le parecían seres de otro planeta, distraídos, ingratos, glotones e incapaces de sentir la más mínima pasión por otra cosa que no fuera esas cajitas luminosas que tenían siempre en la mano.

Al principio se sintió culpable por ese sentimiento anómalo. Cuando habló de ello con el yerno, la nuera y los hijos, le respondieron levantando ligeramente los hombros:

«¿Qué quieres hacerle? Ahora los chicos son todos así.»

Desde entonces sus vidas empezaron a separarse, como continentes empujados a la deriva por la placa tectónica. Las llamadas de rigor, las visitas de rigor, las frases de rigor, las fiestas de rigor; todas aquellas Navidades, una peor que la otra, una más triste que la otra, hasta la última en la que su yerno tuvo la brillante idea de colgar un Papá Noel hinchable en el balcón y ella no dudó en cortar la cuerda que lo ataba a la barandilla haciéndolo caer desde el quinto piso. Para los niños fue una tragedia. «¿Quién nos traerá los regalos ahora?», lloriquearon.

Por no hablar de los empalagosos remilgos de la

nuera, cuyo único pensamiento era la planimetría de un apartamento del que, con toda seguridad, un día sería la propietaria. Merodeaba por las habitaciones como un búho susurrándole a su marido, completamente sometido, «aquí ampliamos la ventana, allí tiramos el tabique y la unimos con la habitación de la vieja».

También esto le helaba el corazón, la idea de haber procreado hijos y de arrepentirse por haberlo hecho.

Las campanas de la iglesia sonaron las doce. El trastero estaba ya vacío y todo lo que contenía recogido en grandes bolsas negras, listas para tirar.

Detrás de las persianas, Luisito seguía atentamente lo que ocurría en la calle.

Anselma se le acercó, el sol estaba ya en el cenit. No se veía a nadie, sólo algún coche con las ventanillas cerradas pasaba sin hacer sombra. Un perro jaspeado con la lengua colgando merodeaba en busca de un lugar donde beber. Alarma perros, diría el locutor.

Anselma se volvió hacia el papagayo.

«¿Qué te pasa? ¿Estás triste?»

Luisito la miró, inclinando la cabeza de un lado a otro como si estuviera contemplando una obra de arte.

«¿Tú también tienes un peso en el corazón?», le preguntó Anselma rozando con el dedo índice el punto del plumaje donde suponía que estaba su pequeño corazón. Lo sintió latir, templado y rapidísimo.

«¿Tienes nostalgia de algo?»

En ese momento Luisito extendió las alas, sus ojos eran negros como el carbón, muy luminosos. Abrió el pico, sacó la lengua y dijo:

«A-a-nselma.»

6

Una tarde, el calor concedió una tregua y una brisa inesperada sacudió el follaje de los almeces que estaban delante de la casa y las cortinas revolotearon como si fueran fantasmas. Anselma, que se había adormilado en el sillón, se despertó de golpe con el ruido de una persiana que batió. Por encima de los edificios se adensaban gruesas nubes negras.

Ese día, a la hora de comer, Luisito habló de nuevo: «¡Gracias!», dijo cuando Anselma le pasó el cuenco con trocitos de manzana y plátano.

Así, decidió que era el momento de insistir con la enseñanza. La clase que siguió no debió de ser muy distinta de las que Robinson Crusoe le impartía a su criado Viernes. Se puso delante de él y con un lápiz en la mano se indicaba a sí misma repitiendo su nombre precedido del pronombre «yo».

Después, tocando ligeramente la barriga del papagayo, repetía: «Tú, Luisito... tú, Luisito.»

La clase se interrumpió por el estallido de un trueno no lejos de su edificio.

Luisito se estremeció erizando las plumas, la luz de la mesa de la cocina osciló y después se apagó.

Una ráfaga de viento abrió de golpe la ventana, volcó el cuenco del papagayo, ya vacío, hizo volar hasta el suelo viejos periódicos colocados sobre el alféizar y dar un portazo violento a la puerta del pasillo.

Luisito se protegió en un ángulo mientras Anselma, inquieta, se precipitaba a cerrar la ventana. ¿Qué habría sucedido si esa ráfaga hubiera expulsado al nuevo compañero de su vida?

De improviso se dio cuenta de que ya no podía vivir sin él. Y que debía aprender a ser más cauta. No sólo con las ventanas, sino también con los vecinos, por si se daba la nefasta posibilidad de que un día alguien viniera a reclamar la propiedad del animal.

¿Animal?

Se sintió algo incómoda al pensar en esa palabra.

¿Era un animal Luisito? ¿O era alguna otra cosa?

¿Qué era en realidad un animal?

En el menosprecio del uso común, se olvidaba demasiado fácilmente la esencia de ese término. Ánima. Sí, el animal era alguien que tenía ánima, alma. No resultaba tan evidente que se pudiera decir lo mismo de la mayor parte de los seres humanos. Su nuera, por ejemplo.

Ahora la lluvia batía con fuerza sobre los cristales, se oía la alarma de un coche en la calle dominada por la sirena de los bomberos. Como no era posible seguir poniendo orden, se sentó en el sillón, se tapó las piernas con una mantita y llamó a Luisito para que viniera a su lado.

El papagayo voló hasta el respaldo, de allí bajó hasta el apoyabrazos y se acurrucó, hinchando las plumas. «Krak, krak, krak», susurraba bajito, como si fuera una historia que se contaba a sí mismo antes de dormir.

La única cosa que hizo desaparecer de la casa, al morir Giancarlo, fue su viejo sillón de pana marrón. Ese sillón era un poco como un trono, su marido lo ocupaba prácticamente siempre cuando estaba en casa. Después de comer se adormecía roncando con la boca abierta, el resto del tiempo leía el periódico o tenía papeles en el regazo, simulando que trabajaba.

Los hijos se habían molestado por su repentina decisión.

«¡Si estaba sucio, podías haberlo llevado al tapicero!»

«Si nos hubieras avisado, nos lo hubiéramos llevado nosotros.»

Pero ella, sentada en su nuevo sillón tapizado con una alegre tela floreada, cortó por lo sano: «Sólo era un viejo sillón.»

Era sólo un viejo sillón y me recordaba como una pesadilla la presencia de vuestro padre en esta casa, hubiera debido de decir, pero sabía desde hacía tiempo que con sus hijos significaba gastar saliva en balde. Con un habilísimo trabajo de manipulación, Giancarlo había conseguido con el tiempo convertirlos en sus clones. La genética evidentemente le había ayudado, y a ella no le quedó más remedio que delimitarse un pequeño espacio en el que tratar de sobrevivir.

Una de sus últimas grandes discusiones, quizá la última —los hijos estaban ya entrando en la adolescencia—, fue precisamente sobre esto: qué era o qué no era la educación.

«Tú los manipulas», le dijo ella, protestando por alguna intervención inoportuna, «quieres transformarlos en soldaditos sin horizontes».

«Y tú tienes la cabeza llena de gilipolleces», fue su amable respuesta.

«He educado decenas, centenares de niños.»

«¿Ah, sí? Evidentemente los has educado mal, visto que te echaron del colegio.»

«Soy yo la que me fui.»

«Te invitaron a hacerlo y, en cualquier caso, no te permitiré que perjudiques a mis hijos.»

Para recuperar algún sentimiento hacia sus niños, convertidos en extraños demasiado pronto, Anselma tenía que retroceder a los tiempos en que estaba encinta, al día en que los trajo al mundo y estrechó contra su pecho sus cuerpecitos temblorosos y húmedos.

Se había casado a los veintinueve años, y a los treinta y uno se había quedado encinta. Vivían aún en Mestre y Giancarlo era para ella todavía el príncipe azul, el hombre al que había jurado amor eterno y eterna fidelidad ante el cura y todos los familiares presentes emocionados.

Sí, aquel día se había sentido viva, extraordinariamente viva. Recordaba cada instante a la perfección: la alegría, el entusiasmo, la espléndida sensación de ser la elegida. El peluquero, el vestirse con aquel hábito suntuoso y cándido, la lista de regalos, las bomboneras —que habían escogido juntos—, el sentimiento de gratitud hacia el Cielo por haberla hecho conocer al hombre más maravilloso del mundo. Entonces aún se llevaba bien con el Habitante del Mundo Superior y así, todas las mañanas, con las manos juntas, repetía: «Gracias, Señor, te doy las gracias por haberme hecho conocer a Giancarlo.»

El día antes de la boda, él le hizo llegar su regalo envuelto en un papel con flores de lis de Florencia. No era un banal anillo, regalo que todos los novios sin fantasía hacen a su prometida, sino un cuaderno con la cubierta rígida en cuyo interior estaban escritas poesías a mano con pluma estilográfica. Era la caligrafía apretada y angulosa de Giancarlo.

Mientras salía de su brazo de la penumbra de la iglesia, acompañados por las notas de la marcha nupcial, le susurró al oído: «¡Son maravillosas! ¿Las has escrito tú?»

Giancarlo apenas se volvió y sonriendo le dijo: «Jamás hubiera podido hacerlo si a mi lado no hubiera tenido una espléndida musa.»

En los años que siguieron, evocó con frecuencia aquellos pocos metros recorridos de su brazo. Fuera brillaba un implacable sol de verano: penumbra dentro, luz cegadora fuera. A lo largo de ese recorrido aparentemente interminable le volvieron a la mente las palabras de una persona salida del coma. Contó cómo se había sentido transportada desde la oscuridad hacia una gran luz que la esperaba al final de un agujero negro; esa luz era el espacio sereno y eterno de la muerte, una sensación de paz nunca sentida antes; regresó muy a pesar suyo, llamada por la voz de sus seres queridos y de los reanimadores. Pues ella, en aquel preciso instante, se sentía en las mismas condiciones: dejaba a sus espaldas la penumbra incierta de la juventud para entrar en la plena luz de la madurez.

Cuando salieron, después de los besos de rigor, se subió al coche de Giancarlo seguido por un cortejo de coches que claxonaban. En los alrededores, hacía poco que habían segado el trigo, entre el amarillo intenso de los rastrojos revoloteaban cornejas y pichones, se diría que las cosechadoras habían esparcido polvo luminoso sobre el paisaje, todo parecía empapado, inmerso en el resplandor del oro.

El banquete se organizó en la granja de unos parientes de la madre de Giancarlo. Un acordeonista más bien gordo, sentado en un minúsculo taburete, trataba de amenizar las largas mesas de invitados. Muy pronto, a Anselma le estalló una terrible jaqueca que empeoró por la mala calidad del cava que le servían continuamente. De la interminable comida sólo recordaba la cara de su suegra que, con un sombrerito que parecía una copa de helado, hablaba sin parar. El tema, naturalmente, era su hijo, ese chico que había dado pruebas de ser un hombre extraordinario desde cuando estaba en su vientre, por la manera decidida de dar patadas.

Para no malgastar inútilmente el dinero, el viaje de novios se limitó a alguna excursión por los alrededores. El primer día fueron a Venecia, a dar de comer a las palomas de la plaza de San Marcos; el segundo, a la abadía de Pomposa para probar el flamante 850 del tío; el tercero —y fue el más trabajoso—, en barco, por el río Brenta, para visitar los palacetes del Véneto.

La noche de bodas, en la enorme cama hecha por la madre con la colcha de color rosa fucsia y los almohadones de ganchillo, Giancarlo dio un gatillazo.

«El cansancio gasta malas pasadas», susurró él antes de caer en un ruidoso sueño. Anselma sonrió, pero en el fondo se sintió aliviada, estaba demasiado aturdida para afrontar un acontecimiento tan importante.

Pero no consiguió conciliar el sueño. Mosquitos grandes como helicópteros volaban voraces en torno a la cama que era corta y alta, y que, por el modo siniestro de chirriar, debió de pertenecer, por lo menos, a sus bisabuelos o tatarabuelos.

El único pero del día fue la ausencia de Luisita. La había llamado por teléfono esa misma mañana para decirle que lo sentía mucho, pero que tenía que quedarse en la cama debido a una mala gripe de verano. Para Anselma fue un verdadero disgusto, habiendo perdido a sus padres desde hacía poco, le quedaba su amiga como única representante de su pasado. Se preguntó si la enfermedad no era una excusa. Nunca había participado de su alegría; mejor dicho, cada vez que le había hablado con entusiasmo de Giancarlo, se mostraba dubitativa. «¿Estás segura?», no paraba de repetir, «¿de verdad estás segura de que es la persona adecuada?».

Anselma no entendía sus dudas.

«Te perderé», le dijo la última vez que se vieron.

«Te prometo que no. Eres, y serás siempre, mi mejor amiga.»

Aunque no mantuvo su promesa, en aquel momento estaba segura de la verdad de sus palabras: nada ni nadie podría jamás dañar el sentimiento que, desde que eran niñas, sentía por Luisita.

Los últimos truenos sonaban lejos y el viento se había calmado. Anselma se arriesgó a abrir con cuidado la ventana aprovechando que Luisito estaba dormido. El aire se volvió maravillosamente fresco y había absorbido el denso hedor de la contaminación. Sobre la ciudad flotaba un ligero olor a ozono por el temporal que acababa de pasar. Hubiera sido agradable poder mantener las ventanas abiertas para que entrara la refrescante brisa. «Me tengo que organizar», se dijo Anselma, y de inmediato recordó las redes llenas de peces de cartón piedra que colgaban del techo de un restaurante en Cesenatico.

Eso es. Tenía que encontrar redes para ponerlas en las ventanas, así le impediría a Luisito cualquier posibilidad de fuga.

Lamentablemente era sábado por la tarde y para realizar su proyecto debía esperar al menos hasta el lunes.

Para no perder tiempo fue tomando las medidas. Mientras subía a la escalera portátil pensó en lo contenta que se pondría su nuera si se caía y se rompía el fémur: no dudaría un instante en recluirla en un hospicio, mejor dicho, en la «Residencia para los Años de Plata», como llamaban ahora a esos sepulcros blanqueados. Podía ver ya el fofo rostro de su hijo susurrarle con la dulzura de Judas en los ojos: «Es por tu bien, mamá, allí estarás atendida día y noche. Y por las tardes hay incluso un poco de música», como si en silla de ruedas y para más inri con un catéter se pudiera bailar.

«Atendida», he aquí la palabra mágica que salía cada vez más a menudo de sus bocas. «Estaríamos más tranquilos si... Estarías menos sola... Ya es hora de que te concedas algún lujo...»

«¿Y qué lujo representaría tener una cuidadora?», les respondió bruscamente unas semanas antes.

«El lujo de que alguien se ocupe finalmente de ti», había insistido su hija con voz aflautada. «Alguien que te mime, que cocine si no te apetece hacerlo, que vaya a hacerte la compra. Naturalmente, lo pagaremos todo nosotros.»

«Naturalmente», comentó Anselma antes de colgar el teléfono.

7

Había un sueño recurrente que, en los últimos veinte años, turbaba el descanso de Anselma. Se encontraba en una ciudad de veraneo, con su marido y sus hijos adolescentes. Estaban sentados en un bar al aire libre tomándose un helado de guindas para ellos y un licor digestivo para ella. Los helados llegaron al momento, los trajo una graciosa muchacha con delantal, el digestivo no. Ante las protestas de Anselma, la chica le dirigía una sonrisa evasiva y un tanto siniestra, mientras desaparecía. Unos instantes más tarde, percibía un olor extraño, selvático, como de zorro, y ante ella se materializaba un negro enorme con un pendiente de oro, el cráneo brillante como una bola de billar y una camiseta calada de la que asomaban dos brazos que parecían ramas de secuoya caídas en la tinta. En la mano tenía una minúscula bandeja de la que emanaban extraños destellos. «¿Es para la señora este líquido?», le preguntaba, inclinándose hacia ella; mientras cogía el vaso, parecía que la desproporcionada carnosidad de sus labios quisiera aspirarla. «Licor, no líquido», precisaba Anselma —que no dejaba de ser una maestra— y se lo bebía de un trago.

Delante de ella, Massimiliano y su padre hablaban sobre la elección de las escuelas superiores mientras Giulia observaba aburrida a los jóvenes que pasaban cerca de la mesa. De repente sentía que la cabeza empezaba a darle vueltas, de los pies le subía un extraño hormigueo, como si el fuego encerrado en el centro de la tierra se insinuara en su cuerpo: un repentino calor a punto de estallar transformándose en una escalofriante energía; le parecía haberse tragado el sol, un sablazo de luz salía de sus pupilas mientras los dedos, las manos, los pies, los brazos y las piernas se transformaban en cables de acero; estaba persuadida de que si se movía lo arrollaría todo; en realidad ese líquido era una pócima, al doctor Jekyll le había crecido el pelaje, mientras que ella se estaba transformando en una máquina de guerra. Su marido y sus hijos, sentados frente a ella, no se daban cuenta de nada. La energía comprimida en Anselma explotaba puntualmente en el momento en que Giulia se metía en la boca el habitual chicle y se ponía a masticar con la boca abierta: su dedo lanzaba un invisible rayo que arrojaba a la chica a unos diez metros de distancia ante su marido y su hijo, horrorizados y atónitos. En ese momento, el sueño solía estallar precipitándola, con sus fragmentos, a la cerrada oscuridad de la noche.

Con el transcurrir de los años, el sueño sufrió algunas variaciones. Una noche, sus dedos se alargaban como los anillos de una boa y se deslizaban sobre el cuello de los demás; otra, el índice, transformado en ametralladora, disparaba silenciosas ráfagas de balas mientras que de sus ojos salían gotas de veneno volador, dispuestas a clavarse en las carnes de la víctima de turno.

Con el paso del tiempo, aquella pesadilla se había transformado en un oasis de paz. Cuando se acostaba, dándole la espalda con obstinación a su marido, Anselma había aprendido a invocarlo, como los enfermos invocaban la curación en el templo de Esculapio.

¿Cuándo empezó todo a deteriorarse?

No conseguía recordarlo.

Los primeros años de matrimonio habían sido más o menos serenos. Los negocios de Giancarlo iban bastante bien, viajaba por todo el Triveneto como representante de una empresa de palillos, tenían su pequeño apartamento sobre el de la madre y él se comportaba como todos los maridos de sus amigas. Unos días era amable y estaba de buen humor; otros, en cambio, tenía malos modales.

Anselma era consciente de su sensibilidad y sabía que esa forma de aguda percepción de las cosas que tienen los poetas, antes de ser un don, era una increíble fuente de sufrimientos. Por eso nunca se angustiaba ante sus bruscos cambios de humor. Es más, secretamente estaba orgullosa de poder vivir al lado de un hombre como él, capaz de captar la complejidad y la fugacidad de cada instante de la vida.

En el tiempo libre siguieron haciendo excursiones a la montaña. A decir verdad, a él no siempre le apetecía, era ella quien lo forzaba porque sabía el bien que le hacían a su alma los espacios límpidos y elevados. Pero ya entonces su marido prefería las tabernas del valle a las cimas.

Fue precisamente durante una de esas excursiones, después de haber bebido cerveza fresca y haber comido una sopa de guisantes secos y salchichas de Viena, cuando ella encontró el valor de hacerle la misma pregunta que le había hecho, años antes, a Luisita:

«Según tu opinión, ¿qué es la poesía?»

Giancarlo la miró largamente antes de contestarle. Después, cogiéndole la mano, le susurró:

«Son tus ojos que se reflejan en los míos. Y los míos que se miran en los tuyos.»

Esa tarde, de regreso casi no hablaron. Anselma se sentía envuelta en una especie de nube mágica que los arropaba y los hacía muy especiales. Quizá fue gracias a la nube que esa noche, por fin, lograron concebir su primer hijo.

Los años siguientes literalmente volaron. Los pañales, los biberones, el despertarse por la noche, la cada vez más frecuente indelicadeza del marido —los cambios del tiempo afectaban a su herida y lo hacían sufrir—, las cargantes intrusiones de su suegra, el reemprender la enseñanza —cuando Massimiliano empezó a ir a la guardería—, y después, apenas recobradas las fuerzas, otro embarazo, el nacimiento de Giulia, no sin complicaciones.

No fueron años fáciles, pero estaba preparada para las dificultades que tuvo que afrontar, sabía —su madre se lo repetía siempre— que en el matrimonio no todo eran días de vino y rosas, y era consciente de que eran precisamente los momentos difíciles —en los que uno se preocupaba por el otro— los que cimentarían su amor para la eternidad.

Le quedaba todavía energía, capacidad de lucha. Cuando se levantaba por las mañanas sabía qué dirección tomar.

¿Y después?

Después llegó ese día. Los dos niños en cama con el sarampión; Giancarlo en Valsugana para su periplo como representante; la suegra lejos, de visita a unos familiares, y ella sola en casa. Para la compra tuvo que llamar a la tienda de comestibles de la plaza. Fueron muy amables, el mismo propietario se molestó en llevársela antes de comer.

Para compensar su amabilidad, ella le ofreció un café. Se sentaron en la cocina a hablar y así descubrió que aquel señor sonriente y orondo era un viejo compañero de escuela de Giancarlo.

El señor Nino, así se llamaba, le preguntó por su marido, pues hacía tiempo que no lo veía. Anselma suspiró y le dijo que últimamente se ponía nervioso con frecuencia a causa de la herida en la pierna.

«Ah, sí, pobrecillo», asintió el antiguo compañero de colegio, «¡es por aquel estúpido accidente con la Lambretta! ¡Cuántos salen mal parados después de las fiestas! Se levanta el codo y después se pretende esquivar los árboles».

Esa noche, tras la cena, Anselma se sintió mal y vomitó. Después de controlar la fiebre de los niños se lanzó sobre la cama con muchas ganas de llorar, pero estaba demasiado tensa para hacerlo.

Siguiendo las sombras que las farolas de la calle proyectaban sobre el techo —había un poco de viento y oscilaban como fantasmas—, le volvió a la mente una frase de Luisita: «Pon cuidado, durante el noviazgo nadie se muestra tal como es. La verdad aparece más tarde.»

Por entonces, no le dio ninguna importancia a aquella frase, convencida de que se trataba de una especie de envidia, de acritud de solterona; sin embargo, ahora se daba cuenta una vez más de que Luisita había sido profética.

«¿Has tenido alguna vez una Lambretta?», le preguntó esa noche a su marido, apenas regresado de su viaje.

«¿Y a ti qué te importa?», le respondió casi gruñendo.

A partir del día siguiente, para herirla, instauró una nueva y enfurecida expresión.

«¡Qué vas a saber tú, que has nacido en Fossalon!»

Como si el haber nacido en Mestre supusiera una gran diferencia.

8

El domingo por la mañana Luisito despertó a Anselma. Se había posado con delicadeza sobre la cama y se había puesto a mordisquearle el lóbulo de la oreja izquierda.

De la cercana iglesia parroquial —una mezcla entre garaje y supermercado, dominada por un campanario que recordaba una torre de alta tensión— las campanas repicaban con júbilo.

Anselma se levantó y se puso la bata; después, como de costumbre, desayunaron juntos.

Mientras ella lavaba los platos de la noche anterior, él se le posó sobre un hombro, susurrando su habitual cotorreo. Cuando llegó el momento de secarlos, voló hasta el trapo y se lo llevó a Anselma.

«Eres un tesoro», le dijo ella, girándose para besarle el plumaje del costado.

Acabadas las faenas domésticas, Anselma se vistió y fue al salón. En un ángulo, casi escondido por una cortina, estaba su viejo tocadiscos. Era una de las pocas cosas que había sobrevivido de su juventud. En su momento había ahorrado todo un año para poder comprarlo; era alemán, de óptima marca, y le hizo mucha compañía durante sus largos años de enseñanza en los valles perdidos.

Después del matrimonio en realidad nunca llegó a utilizarlo, sea por sus obligaciones, sea porque Giancarlo detestaba la música, especialmente la que le gustaba a ella. Si hubiera sido por él, sólo habría escuchado *La Cabalgata de las Valquirias* de Wagner —porque era grandiosa— y *Las cuatro estaciones* de Vivaldi —porque era de Venecia: por lo tanto prácticamente de Mestre y por consiguiente paisano suyo.

Al principio, Anselma había intentado hacerle apreciar tanto *La flauta mágica* —la ópera favorita de Luisita— como sus amadas canciones napolitanas, con el resultado de oír definir la ópera de Mozart como una «remilgada confusión», y las segundas, como melodías bárbaras: «¿Qué tenemos que ver nosotros con esa gente? Ni siquiera se entiende lo que dicen.» Así, la tapa descendió sobre el plato del tocadiscos y allí se quedó, como la lápida de una tumba.

¿Funcionaría todavía?

Con el dedo índice Anselma rozó la aguja, parecía estar bien colocada y se diría que el brazo se movía sin problemas. Estaba conectado, cogió el primer disco y con delicadeza lo colocó encima.

Tras unos segundos de indefinibles chirridos, la música invadió la habitación.

Ohi vita, ohi vita mia!
Ohi core 'e chistu core,
si state o' primm' ammore
o' primm e l'ulteme
*sarai pe' mme...**

Luisito mostró que le gustaba batiendo las alas y la mañana voló literalmente acunada por las dulces melodías napolitanas.

En un cierto momento, cambiando de disco, Anselma tuvo la impresión de que alguien golpeaba con fuerza la pared del salón, pero no prestó demasiada atención.

Al contrario de Giancarlo, Luisito adoraba la música y la adoraba hasta tal punto que antes del almuerzo Anselma no pudo resistirse a ensayar con él unos pasos de baile.

Justo durante una polka sonó el teléfono. Era Giulia.

«Mamá, ¿eres tú?»

«¿Y quién si no?»

«¿Tienes el televisor encendido?»

* ¡Oh vida, oh vida mía! / Oh corazón de este corazón / has sido el primer amor / el primero y el último / serás para mí... (estribillo de la canción popular *El soldado enamorado*).

«No.»

«¿Hay alguien contigo? ¿No estás sola?»

«Completamente sola.»

«¿Estás segura?»

«¿Acaso estoy loca?»

«No, pero se leen cosas terribles, hay tanta gente que entra en las casas de los ancianos con cualquier excusa. No le abrirás a nadie, ¿verdad? De todas maneras volveremos dentro de diez días.»

«Bien», dijo Anselma, colgando el teléfono.

La tarde continuó dedicada a la música. Sentados en el sillón escucharon los *Nocturnos* de Chopin. Esa música, sin embargo, llenó su corazón de melancolía. Le recordaba el crepúsculo, las cosas que concluyen, las cosas ya finalizadas, y la transportó en el tiempo a una excursión que había realizado con Luisita un año antes de casarse.

Habían ido a pasar una semana a los Dolomitas. Tuvieron siempre un tiempo espléndido y aprovecharon para hacer largas excursiones. Luisita parecía incansable, en cuanto llegaban a un prado se tumbaba cinco minutos para levantarse después llena de energía.

«Sería bonito ver lo que hay un poco más allá, ¿no te parece?», la incitaba.

Más allá de aquel collado, más allá de aquel

paso, más allá de aquel espolón rocoso, ¿qué habrá? ¿En nuestro mañana qué habrá?

¡Qué distintas eran de carácter!

Luisita tenía dentro como una fiebre que la llevaba constantemente a ir más allá, a interrogarse, a no conformarse nunca con la primera respuesta, con las apariencias. Quería llegar al corazón de las cosas y no se quedaba tranquila hasta que lo conseguía.

Anselma, en cambio, siempre había sido una niña sosegada, obediente, llevada en palmitas por todas las madres como ejemplo a seguir. La idea de que existiera un límite, y de que ese límite pudiera superarse, no se le había ocurrido nunca. Puede que ésa fuera la razón por la que Luisita la atraía magnéticamente. Para ella era una especie de maga, un hada capaz de transportarla con una varita mágica a mundos diversos, inimaginables para su reducido horizonte de ideas, y esto la hacía feliz.

«Ves», le confió en una ocasión, «contigo es como encontrarse ante un cuadro con perspectivas múltiples: yo sólo consigo ver la figuras del primer plano, mientras que tú me haces descubrir también una pequeña flor azul en el monte más lejano».

Ahora que lo pensaba, todas las cosas bonitas que habían acontecido en su vida, y que seguía conservando, las debía a su amistad con Luisita. La música, el amor por la poesía, por las novelas, la enseñanza vivida como una misión. Según Luisita no había que rendirse a la comodidad, que actúa como los filtros de las brujas: la aceptas y te paraliza, crees que todavía estás viva y en cambio eres ya una momia.

¿Quién sabe si no fue aquella sed de vida la que presagió su final precoz? ¿O si fue precisamente ese vivir con la permanente ansiedad por descubrir, esa desazón, lo que la arrojó a los brazos de la enfermedad? ¿O acaso lo que también contribuyó a acelerar su muerte —y era la primera vez que lo pensaba— fue la traición de su amistad?

En realidad no se trató de una traición del corazón, sino sólo de un alejamiento físico debido a su matrimonio. Un par de veces, Luisita la había invitado a pasar el domingo juntas, pero Anselma no lograba nunca organizarse, quizá también porque a Giancarlo, a pesar de no conocerla, parecía molestarle sólo el oír su nombre.

«Luisita, Luisita. ¡Qué tendrá de especial esa bendita Luisita!»

Ahora lo sabía: había sido su marido el que la transformó, año tras año, en una momia, favoreciendo su natural tendencia a no mirar más allá; convencida de que con el sacrificio y la paciencia construiría algo bonito y duradero, no se había dado cuenta de la sarta de mentiras con que él la había rodeado.

Si tuviera que grabar en el mármol el día en que comenzó a morir en vida, escogería el de la visita del señor Nino, que le había hecho descubrir el verdadero origen de la herida en la pierna. ¡Había una gran diferencia entre una acción audaz en guerra y una caída, borracho, de una Lambretta!

Sin embargo, el golpe definitivo lo tuvo al inicio de los setenta, mientras organizaba el traslado a Roma. Desplazando un armario para recuperar algo que se había caído, llegó a sus manos un insólito librito: *Conquístala así* estaba escrito en la cubierta ilustrada con una pluma de oca y una rosa roja. Lo abrió y encontró en su interior todas, absolutamente todas, las poesías del cuaderno que, con tanto sentimiento, Giancarlo le hizo llegar el día de la boda. Estaban copiadas desde el principio hasta el final, sin ni siquiera haber hecho el esfuerzo de invertir el orden.

Aquel día habría podido reaccionar de alguna manera —irse de casa o incluso echarlo—, pero ¿cómo podría justificarse ante la ley, ante la mirada atónita de la familia y ante el dolor de los hijos? ¿Me voy porque me ha dedicado poesías copiadas fingiendo que eran suyas? Les faltaría tiempo para encerrarla en un manicomio.

A los ojos de todos, Giancarlo era un buen marido. Trabajaba mucho para mejorar las condiciones económicas de la familia, nunca les había hecho faltar de nada ni a ella ni a sus hijos, iban de vacaciones a la playa y a la montaña, no era violento y educaba a los niños como pocos padres saben hacerlo hoy. Era un hombre aburrido —cada vez que ella trataba de proponer algo nuevo o distinto, la miraba con compasión diciéndole: «tienes una imaginación enfermiza»— pero, como decía una amiga suya, «¿conoces, quizá, a algún hombre que no lo sea?».

Y tampoco era especialmente mujeriego. Sólo hacia los sesenta y cinco años tuvo una joven amante del este de Europa que le sacó bastante dinero, pero les sucede a la mayor parte de los hombres: se encandilan con las chicas jóvenes cuando sus esposas envejecen. Después de su muerte, escondidas en el doble fondo de un cajón, encontró las copias en papel carbón de todas las cartas que le había escrito a la joven. Debió cambiar de manual o puede que fueran de cosecha propia, porque en esas empalagosas y pomposas sensiblerías en prosa no hacía otra cosa que quejarse de sus sinsabores matrimoniales, de la mujer árida y prepotente que hacía treinta años vivía a su lado esclavizándolo. «Contigo será todo distinto», concluía en una de las últimas, «tú eres como el sol que aparece cada amanecer, lleno de esperanza, tus mágicos rayos iluminan mi vida».

Anselma cogió aquel montón de cartas y fue a la cocina con un frasco de alcohol. Mientras el papel se quemaba en el fregadero, casi sintió pena por él, por su manera de deshacerse en lisonjas sólo para tener a cambio un poco de carne fresca. «Mendigo de erecciones», pensó, mientras el chorro de agua arrastraba las últimas huellas de la pequeña hoguera hacia el sumidero.

Quién sabe si Luisita, desde algún lugar de su mundo, podía todavía verla, si había podido asistir a la lenta degradación de su vida, a su transformación de joven mujer entusiasta y viva en momia envuelta en vendas embebidas de hiel.

Aquel día en los Dolomitas se detuvieron para comer sus bocadillos a la sombra de una gran conífera, cerca de un lago. No lejos, pacían unas vacas: con sus grandes ojos negros controlaban los juegos de sus terneros llamándolos de vez en cuando con suaves mugidos. El tintineo de sus cencerros llenaba el aire. Se acomodaron entre las grandes y retorcidas raíces del alerce. Luisita contemplaba el cielo con las manos detrás de la nuca.

«¿Alguna vez piensas en Dios?», le preguntó de sopetón.

«El domingo voy a misa.»

Luisita soltó una carcajada.

«No te he preguntado si haces los deberes, te he preguntado si te interrogas sobre Su misterio. ¿Quién es? ¿Cómo es? ¿Existe o no existe? Yo me lo pregunto siempre, pero no siempre me doy la misma respuesta. Cuando veo todo lo malo que hay en el mundo, pienso que no está. ¿Qué padre es el que hace sufrir a sus hijos de esta manera? Una vez, durante el funeral de un alumno mío de segundo, salí corriendo de misa. Era un niño inteligente, lleno de curiosidad, y murió sólo en tres meses por un tumor en el cerebro. El último mes no hacía otra cosa que chillar, al final parecía un cervatillo herido escondido en medio de hierba alta; sólo quedaban dos grandes ojos oscuros sobre una esquelética caja torácica jadeante. Hubiera querido volcar todas las sillas y los bancos cuando el cura, ante el pequeño féretro blanco, pronunció las habituales palabras de consuelo. Para evitar un escándalo preferí salir y me puse a caminar. Caminé y caminé durante horas tratando de calmarme. Gesticulaba, hablaba sola, o mejor dicho, discutía con Él. "¿No te das cuenta?", gritaba: "¿No lo ves? ¿Es que no lo entiendes? ¿Cómo se te ocurre condenar a un niño y destruir a una familia? ¿Y qué me dices de todos los malvados que tienen una vida próspera? ¿De los explotadores, los violentos, los manipuladores que mueren de viejos en sus camas, rodeados del afecto de sus familias? ¿Acaso necesitas gafas? ¿Un amplificador acústico? O bien sólo eres un desgraciado y Tu omnipotencia es simplemente una fábula como tantas otras; entre Tú y el mago Merlín, después de todo, no existe una gran diferencia."»

Anselma nunca había pensado que se pudiera discutir con Dios y aún menos que se pudiera dudar de Su existencia. Sabía que el mundo era injusto, pero lo consideraba un factor inevitable. En el fondo, Dios era como el que concibe y dirige una gran empresa, era Él el que proyectaba y organizaba las distintas secciones y por tanto debía conocer a la perfección su funcionamiento. ¿Cómo podía discutir de la Dirección General uno que a lo mejor trabajaba en la cadena de montaje o en el reparto de envíos?

Se lo repetía siempre a sus alumnos: «Para hacer funcionar el mundo es necesario que cada uno de nosotros cumpla, con diligencia y disciplina, su cometido. Mirad por ejemplo las hormigas o las abejas, cada una de ellas sabe cuál es su papel y lo sigue hasta el final. Si no fuera así, los hormigueros se transformarían en un caos y las colmenas se colapsarían. Ya no habría ni flores, ni fruta, ni miel.»

«No consigo imaginar cómo se puede discutir con Dios», replicó Anselma.

«¿Crees que es pecado?»

«No. Es decir, sí. En fin, no sé, me da un poco de miedo, eso es. Si es Él quien ha creado todas las cosas, desde los insectos hasta las estrellas, sabrá por qué lo ha hecho, ¿no? ¿No somos nosotros, quizá, demasiado pequeños para comprenderlo?»

«Pequeños, sí, pero capaces de hacer preguntas.

Si hubiera querido que le obedeciéramos y nada más, nos habría hecho como las hormigas; en cambio, tenemos la imaginación y a diferencia de los animales sabemos indignarnos. Sólo nuestra especie tiene la posibilidad de cambiar la propia condición en cualquier momento de la vida.»

«¿Tú crees?»

«¡Estoy convencida! Si no fuera así, me suicidaría en este instante», concluyó Luisita poniéndose a reír. Era evidente que no se suicidaría por ningún motivo.

Empezaron a llover escamas doradas sobre sus cabezas. Levantaron los ojos y vieron a una ardilla, nada atemorizada por su presencia, desmenuzar una piña de alerce.

«Probablemente tengas razón tú», continuó Luisita. «No habría que interrogarse sobre lo que nos supera, deberíamos vivir como esa criatura que está ahí arriba, disfrutando del instante. Pero si lográramos hacerlo, no tendríamos ni arte, ni poesía, ni música. Viviríamos como autómatas, sin recuerdos, sin esperanzas ni pesares, remordimientos o nostalgias. Nada nos tocaría el corazón ni nos haría sentir menos solos.»

Anselma se giró apenas:

«¿Recuerdas nuestra excursión a Murano?»

Luisita sonrió:

«¿Qué es la poesía?»

«Eso.»

No lejos de ellas una vaca amamantaba a su ternero. Estaban de pie, una al lado del otro y movían la cola para espantar las moscas. De vez en cuando la madre rozaba con los labios la espalda del pequeño que debía de haber nacido hacía poco, a juzgar por el pelo todavía revuelto.

En el aire quieto de las horas más calurosas, sólo se oía el silbido de un grajo, interrumpido por los chupetones anhelantes del famélico deglutir.

Bajo la mirada plácida, luminosa y serenamente majestuosa de la vaca, Anselma se adormeció. Las cumbres y los bosques se reflejaban en la superficie límpida del lago y las dos amigas no eran otra cosa que dos puntitos debajo de la majestuosidad del alerce.

El sol acababa de desaparecer detrás de un pico cuando se despertaron tiritando debido a la repentina bajada de la temperatura. Luisita se desperezó sonriendo.

«¡He tenido un sueño! He soñado que las raíces de este árbol eran los brazos de Dios y nosotras estábamos tumbadas en su regazo, sin miedo, mecidas por el viento; había un soplo ligero que nos envolvía y una voz que parecía susurrarnos: "No temáis, la sombra es sólo otra forma de la Luz."»

9

El lunes por la mañana, Anselma consultó las páginas amarillas para localizar una tienda de venta de artículos de pesca que estuviera cerca. Desafortunadamente no había en su barrio. Así que decidió, por una vez, hacer una excepción y concederse el lujo de un taxi.

A las tres y media, hora de apertura de la tienda, estaba lista para salir. Llevaba el traje de chaqueta azul de lino —de los tiempos del colegio— y un collar de cornalina, regalo de sus colegas cuando dejó la enseñanza.

Antes de salir se sentó en frente de Luisito y le explicó que estaría fuera más tiempo que de costumbre, porque tenía que ir a buscar redes para colocar en las ventanas, así él podría volar y ella finalmente estaría tranquila.

Mientras esperaba al teléfono la confirmación del taxi, Luisito voló hasta su hombro. «Espero que hayas hecho ya tus necesidades», le iba a decir, preocupada por su traje, pero él estaba intentando decirle algo: «Te... te... tesoro...»

Anselma lo miró sorprendida: «¿Piensas que en las redes habrá un tesoro?»

Como única respuesta Luisito acercó la mejilla y la restregó contra la suya.

«A... A... Anselma... te... tesoro.»

La compra y la colocación de las redes fueron más simples de lo que había imaginado; a las seis ya estaba de vuelta y a las ocho su casa se había transformado en una sucursal del restaurante de Cesenatico.

Mientras colocaba la última red le pareció ver al militar jubilado, su vecino, espiándola detrás de las persianas permanentemente cerradas. «Viejo cascarrabias», se dijo, preguntándose si él pensaba lo mismo de ella.

Por la noche, durante la cena, el telediario anunció las alarmas habituales. Ahora era la alarma del tráfico lo que preocupaba al estirado presentador televisivo, naturalmente acompañada de la alarma por mal tiempo. Llovía a cántaros sobre gran parte de las costas. La temperatura había bajado de golpe al menos diez grados, forzando a muchos veraneantes a interrumpir bruscamente sus vacaciones y, por tanto, a invadir las autopistas, creando atascos.

Anselma miró fuera. Por suerte en Roma seguía

el buen tiempo, aunque por las ventanas —finalmente abiertas— entraba una brisa fresca, casi otoñal, que hacía bailar las redes.

«¿No se parece un poco a un velero?»

«¡Krak!»

«¿Sabes por qué las he puesto? Porque no quiero que salgas y que alguien te haga daño. Estoy segura de que tú volverías siempre a casa, pero ahí fuera hay gente a la que le gusta disparar, tirar con honda, por no hablar de las cornejas, los halcones y los gatos. ¿Cómo podrías defenderte? Sí, lo sé, es aburrido estar siempre en casa, te entiendo. ¿Sabes lo que podríamos hacer un día? ¡Un bonito crucero! Embarcamos en Génova y vamos hasta las Canarias. ¿Quién nos lo impide? Y además, según tengo entendido, a vosotros los papagayos os gusta el mar, ¿no?»

Esa noche, después de cenar, escucharon canciones napolitanas.

Tenimmoce accussì,
anema e core.
Nun ce lassammo cchiu,
manco pe'n'ora
'Stu desiderio 'e te mme fa paura
Campa' cu' te,

sempre cu' te,
*pe' nun muri'!**

Anselma cantaba y Luisito aleteaba yendo y viniendo como una bala del colgador de la entrada a la lámpara de Murano.

En los momentos de mayor emoción se oía los insistentes golpes en la pared del vecino.

«¿Por qué no bailas también?», le sugirió alegre Anselma.

A medianoche no tenía todavía sueño, se sentía agradablemente excitada, casi exaltada.

Ya en camisón fue al armario y cogió la vieja caja de licores que contenía las cartas de sus viejos alumnos.

La mayor parte se remontaba a sus primeros tiempos en la montaña, el papel estaba amarillento y la tinta había casi desaparecido. Leyó algunas, el tono era respetuoso y formal pero, recordando el rostro de cada uno, Anselma supo reconocer, tras la aparente rigidez, un afecto y un reconocimiento profundos.

Apreciada maestra empezaban algunas, otras variaban entre *Distinguida maestra* o *Estimada y queri-*

* Sigamos así, / alma y corazón. / No nos separemos nunca. / Ni tan sólo una hora. / Este deseo de ti me da miedo. / ¡Vivir contigo, / siempre contigo, / para no morir!

da maestra, hasta el más atrevido *Inolvidable y querida maestra.*

Todos invariablemente le agradecían lo que habían aprendido, asegurándole que nunca la olvidarían. Después la ponían al día sobre los diversos acontecimientos de sus vidas: matrimonios, nacimientos, comuniones, licenciaturas, traslados. Por las fotos que a menudo le adjuntaban veía maravillada cómo cambiaban sus rostros. A pesar del paso del tiempo, algunos permanecían idénticos a los de su infancia, mientras que no habría podido reconocer a otros ni con un documento en la mano. Encontró bastante correspondencia de su período en Noale, aún siendo joven esposa, pero de los años romanos no existía ningún testimonio.

Se podría hacer una estratigrafía como las que hacen los geólogos, pensó: por el espesor de los sedimentos se comprendería la evolución de los sentimientos y de la educación de los seres humanos.

Antes de meterse en la cama buscó una vieja foto de cuando era niña. Encontró una pequeña, en blanco y negro, de bordes dentados. Estaba descalza, con las manos en los bolsillos y le sonreía con sus dientecitos de leche a la máquina de fotografiar, sin mostrar ningún miedo por las grandes ocas blancas que la rodeaban amenazadoras.

No tuvo el valor de mirarse al espejo. ¿En qué se había transformado su rostro? ¿En qué máscara?

¿Se iría a la tumba con esa máscara o era verdad que siempre, en cualquier momento —como decía Luisita—, cabía la posibilidad de cambiar? ¿Acaso no había caído ella también en el precipicio de la ingratitud?

Cuando Luisito fue a darle el habitual beso de las buenas noches —un ligero mordisco en el lóbulo—, ella lo abrazó suavemente:

«¿Sabes cuál es la verdad? Que me da mucho miedo perderte. Eres, has sido como...», en ese momento la voz empezó a fallarle, «eso es, eres un trocito de arco iris, tu alegría ha alejado la tristeza de mis días».

No consiguió contener las lágrimas, que humedecieron las plumas impermeables del papagayo y que de ahí, como pequeñas esmeraldas, cayeron sobre la almohada.

Aun antes de abrir los ojos, Anselma se sintió arrollada por una nueva forma de energía. Estiró los brazos y las piernas, desperezándose feliz, y decidió organizar una fiesta. Durante los años de matrimonio no consiguió cultivar ninguna amistad y cuando enviudó la amargura la oprimió como una mordaza de acero.

Pero para hacer una fiesta se requieren invitados; así pues, decidió buscar a sus antiguas colegas del colegio. A la hora de la comida, gracias a la guía telefónica, logró ponerse en contacto con la mayoría de las maestras que seguían vivas. En las primeras llamadas estaba más bien azorada, ¿quién sabe si todavía se acordaban de ella y si el recuerdo era positivo? ¿Cómo explicar el motivo de una fiesta que bautizó como «el gran baile del 15 de agosto»?

Por suerte, casi todas sus compañeras seguían en la ciudad, la mayor parte estaban en sus mismas condiciones: hijos y nietos de vacaciones y ellas solas en la ciudad. Sólo dos, Noseda y Riccardi, se habían ido con sus familias de vacaciones. Casi todas eran viudas; Giuseppina, la más simpática, vegetaba desde hacía años en una residencia para la tercera edad, aquejada de la enfermedad de Alzheimer.

Tras la sorpresa inicial al oírla, acogieron todas con entusiasmo la idea de la fiesta y se ofrecieron en colaborar a cuál más en la parte gastronómica. «Siempre te hemos admirado», le confesó incluso Scaccabarozzi, produciéndole una agradable turbación.

El día antes de la fiesta —que caía en miércoles— se puso en marcha temprano: deseaba que la casa tuviera una apariencia verdaderamente alegre. Fue la primera, o casi, en coger un carrito en el centro comercial y la primera, o casi, en pagar. Compró todo lo necesario: comida, bebida, guirnaldas y lámparas chinas de papel.

Por la tarde horneó varias tandas de *vol au vent* y pequeñas pizzas. Después de lo salado pasó a las galletas y, por último, preparó una fuente de tiramisú.

Antes de acostarse, con rotuladores chillones escribió en una pancarta que colgaría en la entrada: *¡Bienvenidas! ¡La vida empieza a los setenta años!*

Por la noche estaba demasiado excitada como para poder dormir, así que se tomó dos pastillas de valeriana, quería estar en forma al día siguiente. Se sentía feliz, naturalmente, pero en el fondo de esa felicidad existía también el secreto temor de que algo no saliera bien.

El miércoles, después del desayuno, colgó —con la ayuda de Luisito— las lámparas chinas y las guirnaldas, después preparó las bandejas con las bebidas sin alcohol y los zumos de fruta, los cuencos con las aceitunas, las patatas fritas, los pistachos y los cacahuetes. Tuvo el primer pequeño altercado con el papagayo: en cuanto ella se distraía un momento, él, zas, planeaba con sus patas rugosas sobre los cacahuetes. Se vio obligada a darle una palmadita.

«Tienes tu cuenco lleno de comida, ¿por qué me los robas? Y además, ¡mira cómo has puesto esto de cáscaras!»

«¡Krak! ¡Krak!», fue la respuesta. Y, ofendido, Luisito se retiró a una esquina.

Sin embargo, poco antes del almuerzo hicieron las paces. Anselma le tendió la mano y a la tercera tentativa también él le alargó la pata.

«Es normal discutir cuando la gente se quiere, ¿sabes? El amor no es bonito si no es peleón.»

Mientras daba los últimos retoques, Anselma se sorprendió cantando. Ahora ya lo había decidido: en otoño se inscribiría en la Universidad para la Tercera Edad, estudiaría canto y puede que hasta una lengua extranjera.

A las dos llegó la peluquera de la escalera B con su casco portátil y le hizo la permanente.

A las cuatro y media estaba arreglada: traje de chaqueta, zapatos de medio tacón, collar de corniolas, pulsera de las bodas de plata, un leve maquillaje y una discreta rociada de Chanel n.º 5, su perfume preferido.

El último toque lo dedicó a la elegancia de Luisito: con una cinta de seda que tenía en un cajón, le anudó una pajarita en torno al cuello.

A las cinco y diez sonó la primera llamada del portero automático.

«Cuarto piso», contestó sintiéndose como una colegiala en su primera fiesta de cumpleaños.

Deseaba que todo fuera perfecto, pero sentía que la amenaza de la melancolía y del fracaso estaba al acecho.

¿Y si estaban todas deprimidas?

¿Y si no había conversación?

¿Y si prevalecía la lista de enfermedades y fallecimientos?

Todos sus temores desaparecieron en cuanto la envolvió la risa contagiosa de Scaccabarozzi, que rebosando de su vestido rojo cruzó el umbral con un ramo de rosas en la mano.

Al final fueron ocho y —¡golpe de efecto!— vino también Rodini, el único maestro de la escuela, invitado por una de ellas.

«Espero no haber hecho mal», le susurró Brunetti al oído a Anselma, mientras el maestro subía en el ascensor.

«En absoluto», respondió alegre Anselma, «¡así al menos tendremos a un caballero!».

La charla se volvió intensa rápidamente, las fuentes se vaciaron una tras otra y los vasos también.

Luisito hizo su entrada triunfal en vuelo rasante sobre la cabeza de los invitados provocando no pocos gritos de espanto. Pero cuando Anselma contó su historia se conmovieron.

«Es a él al que debo las ganas de hacer esta fiesta», confesó acariciándolo delicadamente.

Por su parte Luisito se comportó como un verdadero señor volando de un invitado a otro con el platito de las aceitunas en el pico.

«Pero ¡qué bien lo hace! ¿Se lo has enseñado tú?»

Anselma eludió la pregunta:

«Lo hace todo solo; también sabe hablar, cuando quiere.»

A las siete se descorchó el cava —Luisito cogió el tapón al vuelo— y todos, levantando las copas, dijeron a coro mientras la miraban:

«¡Por Anselma, nuestro ídolo!»

No se lo esperaba y se emocionó.

«No sabes cuántas veces hemos hablado de ti», continuó Scaccabarozzi.

«¡Más que hablar, te invocábamos!», precisó Bonomi. «Cada dos por tres decíamos: "¡Aquí haría falta Anselma!"»

Cómodamente sentadas, evocaron el famoso episodio que supuso la brusca interrupción de la inmaculada carrera de Anselma como profesora.

Se remontaba a unos quince años, era a principios de mayo. El aire era templado y la sensación de inminentes vacaciones volvía inquietos a los alumnos. Anselma enseñaba geografía en un quinto curso. Mientras explicaba la dinámica de la tectónica de placas, un alumno se levantó y girando los ojos, con un rotulador gordo entre las piernas, empezó a jadear, simulando el acto sexual.

«¡Ferreri, estate quieto!», lo regañó mientras golpeaba con la mano abierta la mesa del profesor. Como continuaba balanceándose con la lengua fuera, haciendo reír a todos los demás, Anselma levantó la voz:

«¡Para, cretino!»

«¡Para tú, gilipollas!», fue su respuesta.

Sin pensárselo dos veces, Anselma bajó del estrado y, con la máxima serenidad de espíritu, le dio un buen bofetón.

Durante los días y semanas que siguieron se desencadenó un verdadero escándalo. Anselma fue denunciada por los padres del alumno, que pretendieron incluso una elevada indemnización por los daños permanentes sufridos por su hijo; los periodistas corrieron en tropel como tiburones que huelen la sangre; se llenaron páginas y páginas de los periódicos, transmisiones televisivas dedicaron emisiones enteras a discutir sobre la gravedad de aquel hecho, sucedido en una tranquila escuela de la capital.

Después de casi treinta años de una total dedicación a la enseñanza, la pacífica Anselma se transformó en un monstruo, en una psicópata sádica, nada menos que —como escribió un periódico— «en el último epígono de una cultura fascista que se creía ya extinguida». ¡Precisamente ella, hija de un heroico partisano!

Avergonzados, Giulia y Massimiliano se negaron a ir al colegio durante semanas, mientras Giancarlo daba vueltas por casa repitiendo furioso: «¡Por esa cabezonada tuya acabaremos en la miseria!»

El jefe de estudios la convocó varias veces, al principio amablemente, después cada vez menos, hasta sugerirle —y al final se lo impuso— que pidiera oficialmente excusas, que admitiera haber perdido la cabeza debido al estrés y que tenía los nervios destrozados.

Ella se mantuvo en sus trece: «Nunca he estado tan lúcida y tan centrada. Lo he hecho y lo volvería a hacer otras cien veces porque sin respeto no puede haber ningún tipo de educación.»

Pasado un mes la apartaron del colegio y en septiembre pidió la prejubilación.

«Nosotros no hubiéramos tenido nunca tu valor», admitió Quadrucci, «no sabes cuántas veces hemos tenido que aguantarnos y callarnos para no perder el puesto».

«Es terrible ver en lo que se ha convertido el colegio para nosotros, que hemos tenido la suerte de enseñar durante los años cincuenta y sesenta.»

«Habláis sólo del colegio», reflexionó pensativa Bonomi, «por no hablar de la sociedad. ¿En qué se ha transformado?».

Para no dejarse atrapar por la melancolía, apartaron los sillones y se pusieron a bailar disputándose a Rodini, que resultó un hábil bailarín.

A las diez, la pared del salón tembló por los golpes furibundos del vecino:

«¿Qué es eso?», gritó con voz chillona, «¿un lupanar?».

Como respuesta, Anselma levantó la voz y dijo:

«¡Póngase el esmoquin y véngase también usted a bailar!»

La fiesta se prolongó hasta pasada la medianoche. En el momento de la despedida sus compañeros la abrazaron, agotados y excitados.

«Qué magnífica idea has tenido.»

«Tendríamos que repetir la experiencia.»

«No nos perdamos de vista.»

«Adiós, adiós», repitió Luisito, posado en el colgador de la entrada.

«Adiós, Luisito», respondieron los invitados. «Hasta la próxima.»

«Adiós, bonito papagayo.»

Cuando cerró la puerta, Anselma miró a su alrededor: la casa parecía un verdadero campo de batalla. «Mejor así», se dijo, «mejor que el mausoleo de antes», y, demasiado cansada para recoger, se fue a su habitación con Luisito sobre el hombro.

Sólo cuando las campanas sonaron las nueve, Anselma encontró fuerzas para levantarse. No se había acostado tarde en la vida —y mucho menos después de bailar y reír—, y se sentía cansada, pero de su agotamiento emergía una nota de euforia. Ya que nadie le metía prisa, pondría orden con toda tranquilidad. Y si, en la peor de las hipótesis, volvían sus hijos, admitiría con una sonrisa: «Pues sí, he dado una fiesta: ¿pasa algo?»

Hasta Luisito parecía sufrir las consecuencias de la juerga de la noche anterior: seguía sobre el trípode con las plumas hinchadas y la cabeza escondida debajo del ala.

Anselma empezó a tirarlo todo en una bolsa de basura: vasos de papel, platos, servilletas y guirnaldas rotas por los animados vuelos del papagayo. Cuando estuvo llena la arrastró hasta el ascensor y de allí alcanzó los grandes contenedores de la calle.

Mientras abría el portón, pensó que sólo había transcurrido una semana desde que había recogido el fardillo atemorizado que se convertiría en su valeroso Luisito. ¡Cuántas cosas habían cambiado, cuánta alegría había traído a casa su divertido aspecto de payaso!

«¿Dónde lo has comprado?», le preguntó Rodini la noche anterior. Su respuesta fue sibilina.

«No lo he comprado, ha sido un regalo del Cielo.»

Cuando volvió a casa recogió el correo: había una factura de teléfono —aunque marcaba sólo el canon, era siempre excesiva, ya que ella no llamaba nunca a nadie—, dos folletos publicitarios que anunciaban las ofertas de septiembre de centros comerciales cercanos y, por último, un sobre en blanco sin remitente ni destinatario. Lo abrió antes de entrar en el ascensor. En mayúsculas, con letras recortadas de algún periódico, estaba escrito: VIEJA BRUJA, ACABARÉIS MAL TÚ Y TU MALDITO POLLO.

El insulto la inquietó. Entró en su casa corriendo, atemorizada, llamando a voces a Luisito. Se lo imaginaba boca arriba en el suelo, con las alas abiertas y jadeando en un último estertor.

Afortunadamente oyó al momento la estridente y querida voz llegar de la cocina.

«¡An-sel-ma!»

Gracias a Dios, no había entrado ningún extraño y nadie, aparte del portero —que además estaba de vacaciones—, tenía una copia de las llaves.

¿Quién podía desearles mal?, se preguntó.

No le costó mucho imaginárselo: ante sus ojos se materializó la achaparrada silueta del capitán Trombetti, su vecino. Seguramente él había sido el que había ideado y realizado esa barbaridad. Quién sabe cuántas cartas escribía, durante sus noches de insomnio, para manifestar a todo el mundo su inextinguible odio hacia la humanidad.

Anselma trató de calmarse repitiéndose que entre sus casas no había ninguna vía de comunicación. Ni siquiera lograría apuntar a sus ventanas con una honda o con una cerbatana.

Lo importante, a ese punto, era que Luisito no saliera, pero eso ya lo había resuelto con las redes de seguridad. De todas formas le quedó una inquietud de fondo, como un presagio de desgracia inminente.

Por la tarde, recibió algunas llamadas telefónicas de agradecimiento de sus compañeras. A las diez y un minuto llamó Massimiliano para preguntarle si en Roma también había llovido y para decirle que los niños estaban en cama con amígdalas.

Poco antes de acostarse tuvo la segunda gran emoción del día.

Al pasar por el salón vio una cosa redondeada y clara que brillaba en el centro del puf de terciopelo. Como dudaba de que fuera un buñuelo de viento con marrasquino o una pieza del collar de falso marfil de Scaccabarozzi, se puso las gafas y, tan pronto vio lo que era, se le atascó un grito en la garganta.

Esa cosa colocada delicadamente ahí era un huevo, y no precisamente de gallina.

«¡Luisito!», gritó con voz entrecortada.

Después se corrigió:

«¡Luisita!»

El papagayo aterrizó de inmediato sobre su hombro.

«¡Luisita! ¡Lo has puesto tú!»

«Krak, krak», respondió orgullosa acomodándose como una gallina sobre el puf.

El corazón de Anselma se puso a latir con celeridad.

«En el fondo», le dijo, tratando de aplacar su agitación, «me has dado una buena sorpresa. Sin embargo, no cambiará nada entre nosotras, te lo puedo asegurar, nada. La casa es suficientemente grande para tres».

Esa noche, sin embargo, durmió inquieta. Soñó con una cueva frente a un río. «Ésta es el agua de la metempsicosis», repetía una voz, y de repente, de la oscuridad de la cueva, salió una bulliciosa bandada de papagayos. Mejor dicho, parecían papagayos pero en realidad eran murciélagos. Puede que no fueran murciélagos tampoco sino seres humanos con alas membranosas, ya que reconoció entre ellos el rostro descarnado y los bigotes del capitán Trombetti.

El convulso entresueño duró hasta el alba. Mientras dormía tuvo incluso la sensación de que alguien llamaba repetidamente a la puerta.

Se dio cuenta de que no era un sueño sino la realidad cuando al ding dong se añadieron fuertes golpes que hacían temblar el suelo.

¿Quién podía ser a esta hora?

Se puso la bata, fue a la entrada y con circunspección desplazó la tapa de la mirilla. En el rellano, deformados por la lente, había tres hombres en uniforme. El primero pulsaba el timbre y golpeaba, ordenando: «¡Abran!»

«Se han equivocado de dirección», gritó como contestación Anselma, «soy sólo una maestra jubilada».

«Hemos recibido una denuncia. Le conviene abrir.»

«Se han equivocado», intentó protestar Anselma, «aquí no hay delincuentes», pero cuando oyó pronunciar su nombre y apellido, fecha de nacimiento y dirección, se resignó y abrió, decidida a aclarar el equívoco.

Los tres hombres entraron y el que ella había visto golpear la puerta, que debía ser el de más alto grado, le preguntó de nuevo si era Anselma del Ben, casada con Scattolin, nacida en Fossalon. Ante su conformidad le pidieron mostrar un documento.

Anselma se sintió aliviada. «Tanto ruido para nada», pensó mientras iba hacia el dormitorio a buscar el documento de identidad, que ahora usaba únicamente para retirar la pensión.

El hombre comprobó sus datos y le restituyó el documento diciendo:

«Bien, ahora los del papagayo.»

Anselma lo miró estupefacta.

«¿De Luisito? Es decir, ¿de Luisita?»

«¿Luisito o Luisita?»

Hubiera sido demasiado complicado explicar al guardia los acontecimientos de las últimas horas, así que confirmó:

«Luisito. Es una hembra, pero se llama Luisito.»

«El pasaporte de Luisito. Por favor.»

«Pues... en realidad habíamos pensado ir al extranjero. Queríamos hacer un crucero, pero dentro de un par de años, por lo que me imagino que tenemos tiempo para hacerlo.»

«¿Se hace la graciosa o no conoce la ley?», preguntó impaciente el guardia más joven.

«Claro que la conozco. Para ir al extranjero hace falta el pasaporte, como acabo de decirles...»

Por la puerta abierta se entreveía a Luisita en el puf que incubaba su huevo.

«Es un Amazonas de frente azul», dijo el jefe.

«Querida señora», continuó, «su Luisito viene de la selva de América del Sur y si no me puede enseñar un documento que certifique su origen nos veremos obligados a incautarle el papagayo y a denunciarla a usted por posesión ilegal de un ejemplar de especie exótica».

«Entonces», insistió el otro, «¿tiene o no el documento?».

El corazón de Anselma pareció romperse de golpe.

«¡Lo he encontrado en el contenedor de la basura!», gritó antes de que se desencadenara un buen barullo.

Asustada por uno de los hombres que avanzaba hacia ella con un saco oscuro en la mano, Luisita interrumpió la incubación y comenzó a revolotear por la habitación, Anselma corrió en su ayuda, empujando el puf con ruedas contra las piernas del raptor, que al tropezar convirtió el huevo en una tortilla: además trató de arañar al jefe que le había agarrado las muñecas, le dio un par de patadas en las piernas y gritó como una loca cuando vio la red caer sobre su Luisita, su adorada amiga, que desapareció dentro del saco de lona gritando su nombre.

El último recuerdo de aquella mañana fue el graznar desesperado por el hueco de la escalera y una voz masculina que la advertía:

«Sólo por respeto a sus años no la denunciamos también por resistencia a las fuerzas de orden público.»

10

Los días que siguieron no fueron otra cosa que un oscuro abismo. Sólo encontró fuerzas para escupir a la puerta de su vecino, repitiéndole las frases más injuriosas que le venían a la mente; después, con la ayuda de un frasco entero de somníferos —desgraciadamente demasiado poco para morir—, se sumergió en un largo sueño sin sueños.

Cuando volvieron de las vacaciones, los hijos la encontraron ausente y atontada.

Repetía constantemente que le habían robado un papagayo llamado Luisito y, discretamente, pensaron en convocar a un amigo psiquiatra para una consulta.

El diagnóstico más probable, comunicó el médico, era el de una ligera isquemia, una ausencia temporal de oxígeno en el cerebro que podía haber hecho resurgir de la memoria fantasías infantiles o, en el peor de los casos, provocar auténticos delirios.

Cuando Anselma les mostró la mancha de yema de huevo en medio del puf, trataron de tranquilizarla, conviniendo en que estaba claro: a los papagayos les encantaba hacer sus nidos en el terciopelo de los salones.

Pasada una semana, Massimiliano apareció con una señorita de modales decididos. Una amiga suya, según le dijo, pero su madre comprendió enseguida que se trataba de una cuidadora y los echó fuera gritando: «¡Idos al infierno!»

Tomaba pastillas siempre, tanto de día como de noche.

En un momento de lucidez consultó al marido abogado de Bonomi. «Debería poner un pleito», le sugirió él, «un pleito por violación de los derechos humanos, también por los de los animales, naturalmente, por no hablar del daño biológico causado. Y necesitará un abogado de todas maneras, porque, en cualquier caso, tiene ya un proceso en curso».

La idea de que se pudiera hacer algo legalmente marcó un hito: para recuperar a Luisito estaba dispuesta a afrontar cualquier batalla. Así, apenas el dolor se hizo menos agudo, fue a una agencia inmobiliaria que compraba propiedades y se informó sobre la posibilidad de vender su casa. La oferta que le hicieron iba más allá de sus expectativas: con esa importante suma podía contratar al mejor abogado, escribir a todos los periódicos, llamar a todas las televisiones. La Anselma combativa, la que le dio el bofetón al chaval sin arrepentirse jamás, recomenzaba a vivir.

Precisamente cuando estaba adoptando ese espíritu guerrero, le llegó una carta del Centro de Custodia de la Fauna Selvática. Ese folio le comunicaba, con un lenguaje burocráticamente glacial, que era posible visitar una vez al mes a los animales incautados.

El Centro se encontraba en plenos Apeninos, y al día siguiente Anselma ya tenía el billete de tren.

En Bolonia cambió de tren y tomó otro que tenía una locomotora de color café con leche que databa al menos de sus años mozos.

Además de un maletín con lo necesario para pasar eventualmente una noche fuera, llevaba una bolsa con los alimentos que Luisito prefería.

Era finales de septiembre pero el aire aún parecía de verano. Mientras el tren iba encaramándose por la montaña, Anselma observó una leve tonalidad rojiza en las hojas de los arces, mientras que los erizos de los castaños estaban ya gordos y cubiertos de espinas, prácticamente maduros para la cosecha. ¡Cuántas veces había dibujado su silueta! Los niños se quedaban maravillados al ver la facilidad con la que sabía crear con tizas de colores frutos, flores y árboles en la pizarra. Después de las castañas solía pasar al racimo de uvas: «grano de uva», «sarmiento», «hoja», escribía al lado de cada cosa. Cuando era la época de las cerezas, en el aire flotaba siempre una cierta euforia porque se acercaba el verano y el curso escolar tocaba a su fin.

Llegó al pueblo a la hora del almuerzo, fue la única pasajera que se apeó del tren. En el restaurante de la estación quedaba sólo alguna pasta que probablemente dormía en el celofán desde hacía varias semanas. Así pues, se sentó en un banco a la sombra para comer los crackers que precavidamente llevaba consigo.

No encontró ningún taxi a la salida, parecía incluso inútil esperarlo. Sólo había una calle y Anselma la tomó, convencida de que, antes o después, se tropezaría con alguna indicación.

Pasado un kilómetro, en efecto, un cartel desconchado indicaba a su derecha: CENTRO CUSTODIA FAUNA SELVÁTICA 500 M.

El Centro estaba formado por una serie de construcciones bajas, prefabricadas, cerradas en forma de herradura alrededor de un patio protegido por una verja delante de la cual dormían cuatro o cinco perros de aspecto maltrecho. No había timbre y la puerta estaba sólo entornada. Anselma la empujó y entró.

Un joven en uniforme estaba leyendo una revista de coches y motores tumbado sobre un sofá desvencijado.

Anselma se presentó educadamente y explicó el motivo de su visita.

«Vuelva después de las cuatro», le dijo el joven, sin apartar los ojos de las relucientes carrocerías.

Anselma no cejó, dijo que venía de Roma, que era mayor, diabética y cardiopática, y que si le llegaba a pasar algo, había dejado instrucciones a sus hijos, ambos abogados, para que procedieran en su contra.

En ese preciso momento entró una joven de uniforme, cubierta por un largo delantal amarillo debajo del que asomaban unas botas de goma.

«Llévala a la Sección V», le dijo el muchacho con un suspiro, sumergiéndose de nuevo en sus lecturas de mecánica.

La vigilante le sonrió y le abrió camino: cruzaron un patio circundado por grandes jaulas, y a Anselma le dio tiempo a ver nada menos que una pantera negra y un cachorro de oso. Quién sabe, pensó, si a ellos también los habían encontrado en un contenedor de basura.

Después pasaron por una construcción prefabricada llena de terrarios en los que espantosas serpientes, de todos los tamaños y de todos los colores, se arrastraban amenazadoras lanzando la lengua.

Algunas tenían al lado un ratón que temblaba como una hoja; otras, se veía por una protuberancia en sus cuerpos, ya se lo habían comido. Trastornada, Anselma apartó inmediatamente la mirada. Vio también las tortugas en grandes vasijas de agua, al lado de recipientes de cristal que contenían arañas monstruosamente peludas.

«¿Es usted la que se ocupa de ellos?», preguntó a la mujer.

«Cuando es mi turno, sí.»

«¿Y no sueña nunca con ellos de noche?»

«Algunas veces», respondió riendo.

Llegaron finalmente a la Sección V. La puerta estaba probablemente desencajada y costó trabajo abrirla. En cuanto entraron, las agredió un fuerte olor a excrementos.

Todas eran aves, unas treinta en total: un águila, un par de búhos y un mochuelo, halcones de varias dimensiones, una cigüeña con una pata entablillada, un tucán y además un gran número de papagayos, algunos enjaulados y otros sobre perchas. Unos aleteaban para llamar la atención, otros estaban quietos, demasiado quietos.

Los ojos de Anselma iban frenéticamente de uno a otro.

«¡Luisito!», gritó, incluso antes de que su acompañante consiguiera indicársela.

La pobre Luisito, o lo que quedaba de ella, estaba sobre una percha cerca de la pared. Tenía una pata recogida y de su espléndido plumaje no quedaba otra cosa que un vago recuerdo: el cuello, pelado como el de un cóndor y el resto del cuerpo no estaba en mejores condiciones, sólo las alas y la cola conservaban aún un poco de dignidad. Más que un papagayo parecía un pollo desplumado, listo para ser ensartado en un espetón.

Viendo a Anselma, emitió sólo un debilísimo «krak».

«¿Qué le habéis hecho?», gritó Anselma.

La vigilante meneó la cabeza, desconsolada.

«Se lo ha hecho él solo. Les ocurre a casi todos los papagayos cuando llegan aquí; se arrancan las plumas y se quedan desnudos.»

«Es porque están desesperados», protestó Anselma.

«Quién sabe», comentó su acompañante, con una sonrisa desarmada.

Con el corazón encogido por el dolor, Anselma sacó de la bolsa avellanas, trozos de plátano y de manzana y se los acercó, pero Luisito no pareció mostrar demasiado interés: los levantaba con la pata y después los dejaba caer al suelo.

«Luisito, tesoro...», le susurró dulcemente en el pequeño orificio que debía ser la oreja. El papagayo le contestó con afectuosas picotadas en el dedo.

«Tesoro...», repitió Anselma.

Luisito emitió un sonido similar a un suspiro y con un hilo de voz graznó:

«*Grra-cias...*»

Anselma comprendió entonces que aquello era una despedida y que Luisito se estaba muriendo.

«Mi papagayo está mal», protestó.

«No se preocupe, los veterinarios lo están tratando. Tienen buenas esperanzas de curarlo.»

«El único tratamiento es el amor. ¡Sólo el amor cura!», gritó Anselma, presa de una dolorosa indignación.

La mujer la miró incómoda, encogiendo los hombros, como diciendo: *lo sé, pero ¿qué puedo hacer?*

En aquel momento entró en el cobertizo una niña con un cuaderno en la mano y una larga y rebelde melena pelirroja.

«Mi hija Noemi», se justificó la vigilante, «hoy no había colegio y no sabía dónde dejarla».

«Mamá, he estudiado la poesía de memoria, ¿quieres que te la recite?»

«Estoy trabajando, ¿no lo ves?»

«Y ahora, ¿qué hago?»

«No sé, dibuja, dibuja algún animal y sobre todo no me molestes.»

Anselma oía sus voces de fondo, y sus ojos estaban llenos de lágrimas. Estrechó lo que quedaba de su Luisito. No pesaba nada y estaba casi fría. «Krok, krok», le dijo al oído, y Anselma tuvo la certeza de que ese sonido era un adiós.

«Krok, krok», respondió sin preocuparse ya de retener las lágrimas, «krok, krok, tesoro», dijo apoyando la yema de su índice sobre el esternón desplumado, lugar en el que, cada vez más débil, latía el corazón.

«Adiós, tesoro», balbuceó de nuevo y después salió corriendo, sin mirar atrás.

Como la corriente de un río que en el estuario se encuentra con la del mar, así en su corazón herido chocaban la rabia y el dolor. Una parte de ella deseaba emprender alguna acción muy violenta, mientras que la otra sabía que sería perfectamente inútil, si no del todo contraproducente.

Ahora no servían de nada ni abogados ni veterinarios, dado que Luisito se había rendido. La violenta separación rompió algo en ella que ya no era posible reconstruir.

Dentro de unos días sólo quedaría un montoncito inerte de piel y de huesos, listo para incinerar.

Fuera, mientras, se había desatado un temporal, el agua azotaba el suelo a ráfagas y del bosque vecino se desprendía ya el perfume de la tierra mojada de otoño. Incesantes truenos y rayos desgarraban el cielo. Anselma decidió sentarse en un banco resguardado de la lluvia, a la entrada del Centro y esperar a que amainara la tempestad. Noemi, la niña pelirroja, también se había refugiado allí y estaba dibujando en un cuaderno grande.

Sacudida como estaba por los sollozos, Anselma no lograba ocultar su desesperación. El dolor era más fuerte que la violencia que sentía por mostrar sus sentimientos.

«¿Quieres oír una poesía?», preguntó la niña.

«Detesto la poesía», refunfuñó Anselma.

La niña la miró con sus grandes ojos claros.

«¿Por qué estás tan triste?»

En lugar de responder, Anselma se sonó ruidosamente.

«¿Es por tu papagayo?», insistió la niña, «¿el que está ahí dentro?».

Anselma asintió.

«Sí, es por Luisito.»

«Pero si no está todavía muerto.»

«No, pero se morirá pronto y yo no... No puedo sobrevivir a este dolor. Mi vida era triste y después llegó ella... Es una hembra, sabes, lo he descubierto más tarde, pero ya la había llamado así... Un pequeño rayo de luz que me templaba el corazón..., que me devolvió la alegría de vivir.»

«Y ¿por qué no te la llevas a casa?»

«Es lo que más desearía hacer pero no puedo. Para el mundo de los mayores la ley es más importante que el amor.»

«Es mi mamá quien la cuida, ¿verdad?»

Anselma le sonrió entre lágrimas, asintiendo.

De repente cesó la lluvia, las nubes se alejaron con la misma rapidez con la que habían llegado, y el sol volvió a resplandecer sobre los prados y los bosques mojados. La tierra y el asfalto humeaban.

«¡Mira!», exclamó la niña. «¡Un arco iris! Justo lo que estaba dibujando, ¡mi preferido! ¡Un arco iris!»

Anselma se secó los ojos con un pañuelo. Así era, delante de ellas apareció un luminoso arco iris: sus colores cruzaban el cielo de una parte a otra, resaltando sobre la oscuridad de las nubes.

Anselma sintió que la pequeña mano de la niña buscaba la suya: era fresca y delicada y, a la vez, llena de vitalidad.

«¿Sabes que los arcos iris son mágicos? Si cierras los ojos y formulas un deseo, el deseo se cumple. Si lo hacemos las dos y el deseo es el mismo, se cumple todavía más.»

Por un instante Anselma, que como vieja maestra no sabía desencantar los sueños de los niños, entró en el juego de Noemi y cerró los ojos.

«Estoy lista», dijo.

«A la de tres, formulamos el deseo. De corazón... ¡Uno, dos y tres!»

Al tres, Anselma sintió los pequeños dedos apretar los suyos. No lejos de ellas un pájaro carpintero taladraba un tronco con el pico. Tac-tac-tac.

«¿Ya?», preguntó con voz cristalina.

«¡Ya!», respondió Anselma.

«Entonces podemos abrir los ojos.»

Noemi se desperezó sonriendo, como si se acabara de despertar de un sueño profundo. Anselma no necesitó mirarse en el espejito que llevaba en el bolso para darse cuenta de su estado. Debía de tener los ojos rojos e hinchados y la nariz seguía moqueando de manera molesta. Para darse compostura miró el reloj.

«Es tarde», dijo con una voz que se rompía de nuevo, «no quiero perder el tren».

«¿De verdad te tienes que marchar?», preguntó Noemi.

«Sí.»

«Entonces toma mi dibujo con el arco iris, te lo regalo.»

Anselma cogió el folio y lo dobló con cuidado antes de meterlo en el bolso.

«Adiós», le dijo.

«Adiós», respondió la niña. «Y recuerda: ¡hay que tener esperanza! ¡Al final del camino siempre hay un tesoro!»

Se dirigió hacia la estación y un par de coches al pasar a su lado la salpicaron. Pequeñas estelas iridiscentes de baba de caracol cruzaban la hierba de los márgenes de la carretera, como un reflejo de aquella más grande que cruzaba el cielo. De niña los caracoles eran su pasión; para protegerlos los ponía en cajas de zapatos, malcriándolos con grandes hojas de lechuga. La fascinaban aquellos ojos en la punta de las antenas porque podían moverse hacia delante y hacia atrás, como periscopios. Cuando los llevaba a la clase, los niños se quedaban extasiados por su manera de comer y por la facultad que tenían de esconderse en la cáscara, cerrando la puerta herméticamente.

Una vez, cuando todavía enseñaba en Mestre, sucedió un hecho desagradable: un niño que repetía curso, para hacerse el gracioso, cogió un caracol y lo aplastó con el tacón del zapato. Las reacciones de los compañeros fueron diversas: unos rieron, otros se quedaron consternados, como el pequeño, tímido y silencioso Tonello, de la primera fila. Recordaba aún sus sollozos desesperados. De nada sirvió hacerle beber un vaso de agua, ofrecerle un caramelo o llevarlo fuera al patio para que tomara el aire. Si bien habían pasado muchos años, a Anselma le parecía todavía oír su llanto: ese sonido sordo, profundo, de inusitada violencia, impensable para aquel pequeño cuerpo.

«Sólo los niños saben llorar de esa manera», pensó Anselma, y en ese instante se dio cuenta de que también ella había sollozado durante horas como el pequeño Tonello.

¿Cuánto tiempo hacía que las lágrimas habían desaparecido de su vida?

Lloró al descubrir las mentiras de su marido y, desde entonces, sólo otras dos o tres veces al visionar películas especialmente conmovedoras.

Y nada más.

Los últimos cuarenta años de su vida no habían sido otra cosa que una lenta y progresiva congelación. El hielo llegó al corazón y desde allí, con minúsculas agujas, invadió las venas y después los órganos: el hígado, los riñones, el bazo y los pulmones. Incluso el cerebro debía estar ya cubierto de escarcha, como una gran albóndiga dejada demasiado tiempo en el congelador.

La ficción de los sentimientos la había despojado lentamente de su propia vida. Durante largos años había vivido como una criatura de una película de horror: viva por fuera y muerta por dentro.

Después llegó Luisito. Fue el papagayo el que provocó el deshielo. El agua que seguía saliendo copiosa de su nariz y de sus ojos, no era otra cosa que eso: el hielo que había conseguido derretir con su amor.

Pero ahora Luisito se moría, era cuestión de pocas horas o de pocos días, nunca más sentiría sus mordisquitos en las orejas ni metería la nariz entre las plumas verdes de su pecho.

Llegó a la estación media hora antes del tren interregional que la llevaría de vuelta a Bolonia.

El sol volvía a calentar como en verano, sólo los bordes de las marquesinas que seguían húmedos recordaban el reciente temporal. Del pequeño bar que daba a las vías llegaba la música obsesiva de dos juegos electrónicos. No había quiosco de periódicos y sobre los cristales sucios del despacho de billetes un folio escrito a mano anunciaba que estaba fuera de servicio. Al lado, una máquina novísima proclamaba incitante: «Escoge tu lengua», mientras mostraba en la pantalla luminosa diversas banderas para pulsar.

Timbró mecánicamente el billete de regreso, pero se dio cuenta al instante de lo absurdo de su gesto.

¿Qué sentido tenía volver a casa, abrir la puerta y encontrarla vacía, ver la percha que seguía allí y las redes en las ventanas y los cacahuetes en un bote hermético para que no se reblandecieran?

¿Cómo podría vivir en una casa donde la esperaban, como únicas y fieles compañeras, la amargura y la depresión? Al final conseguirían endosarle una cuidadora y así pasaría su tiempo entre una sopita de sobre y una vuelta al edificio cogida de un brazo desconocido, para satisfacción de sus hijos que, finalmente, se sentirían tranquilos.

No, no acabaría sus días así.

La muerte del papagayo sería también la suya. Se trataba sólo de escoger entre una lenta agonía solitaria o la grandeza de un gesto extraordinario.

Le volvió a la mente la traducción de un texto latino realizada durante el magisterio en el que, ante la perspectiva del deshonor, se exaltaba la valentía de una muerte elegida. Incluso había hablado de ello con Luisita. ¿Sobrevivir con la sombra de la cobardía o lanzarse hacia lo desconocido con la cabeza alta? Su amiga no tuvo dudas: «No podría llevar ni una hora una vida miserable.» En aquella época ella era más cauta, las decisiones extremas nunca formaron parte de su carácter.

Ahora, sin embargo, las cosas habían cambiado. Bajando las escaleras que la llevaban al andén decidió que lo mejor sería ponerle fin a todo: morir allí, rápido y sin tardanza. En el fondo no debía de ser tan difícil, bastaba con cerrar los ojos y saltar en el momento justo.

Anselma miró a su alrededor: aparte de una monja anciana, concentrada en desgranar el rosario en el otro andén, no había un alma, ni policías, ni ferroviarios, nadie que pudiera impedirle lo que más tarde, en los periódicos, se definiría como «un acto de locura».

¿De verdad era un acto de locura? Sí, lo era, pero más demencial sería vivir con una cuidadora. Y además, ¿qué era de verdad la locura? ¿Quién puede juzgar lo que tenemos en nuestro corazón? Padecía de depresión, escribirían seguramente los periódicos, puede que incluso sacaran la historia de la expulsión del colegio. Entonces le gustaría bajar del cielo con un gran lápiz rojo y corregir: «La señora Scattolin no estaba en absoluto deprimida. Es más, hacía poco que había vuelto a amar la vida con la misma intensidad con la que la amaba durante su juventud.»

Justo cuando su vida había adquirido nuevamente sentido, ese sentido se hizo trizas. ¿Existía alguna razón en todo esto? Y si existía, ¿cuál era? ¿Quería alguien castigarla desde allí arriba? ¿O fue la Providencia la que actuó? De hecho, si ella moría antes que Luisito, cosa muy probable dada la longevidad de los papagayos, ¿qué final le reservarían sus hijos?

Recordó que su nuera, una vez, se vanaglorió de su habilidad —aprendida de su abuelo, en el campo— para tirar del pescuezo de las aves de corral. Gallinas, pintadas, patos, palomas: un golpe seco y ya, dijo haciendo oscilar su peinado con mechas.

¿Cuáles eran los planes del Cielo?

Hacía mucho que no los comprendía, quizá desde que la gratitud que la acompañaba al despertar y daba sentido a cada uno de sus gestos se había transformado en decepción y amargura. A un cierto punto se sintió traicionada por la vida. Pero

¿quién era el que verdaderamente había traicionado?

«¡Atención! Tren en tránsito», chirrió una voz grabada por el altavoz. «Alejarse de la línea amarilla. Alejarse de la línea amarilla.»

El arco iris despuntaba aún por detrás del techo de la estación.

Necias palomas arrullaban en las cornisas, mientras una ruidosa bandada de gorriones iba y venía volando del balasto con algo en el pico. Entre las vías había paquetes de cigarrillos vacíos, unas latas, un cartón de vino malo, las páginas de un tebeo y un pequeño tomatero que alargaba sus hojas entre el desecho.

Anselma observó con atención cada detalle porque ésas serían las últimas imágenes de su paso por la tierra.

«Tren en tránsito. Alejarse de la línea amarilla. Alejarse de la línea amarilla.»

Anselma obedeció a ese segundo anuncio, reculó cuatro o cinco pasos, puso el bolso en el suelo, se sacó los zapatos de tacón y dobló ligeramente las rodillas.

El tren estaba llegando por la derecha, se sentía ya el suelo temblar. Sus piernas también temblaban, así como sus manos, su corazón y su respiración.

«¡Ánimo!», se dijo, aunando todas sus fuerzas. Levantó la mirada para saludar el cielo.

El arco iris, al desaparecer, había dejado un minúsculo destello suspendido entre las nubes que ahora parecía moverse hacia ella.

«¿Será posible?», se preguntó Anselma mientras se erguía.

En ese preciso instante el tren le pasó por delante a toda velocidad, haciendo revolotear su vestido y despeinando sus cabellos.

Desaparecido el último vagón al final de las vías volvió el silencio. Anselma se puso de puntillas y gritó mirando al cielo: «¿Krak?»

«¡Krak, krak!», respondió el destello que se avecinaba.

Anselma, entonces, unió las manos en señal de agradecimiento y después abrió los brazos para acogerla.

El aterrizaje fue más bien brusco.

«Krok, krok, krok», le susurró Luisito al oído, con la intimidad de siempre.

«Krok, krok», respondió Anselma, hundiendo la nariz en su desnudo esternón, mientras las lágrimas le bañaban el rostro de nuevo.

Este libro se imprimió en los talleres de
Impresia Ibérica
Crta. Caldes, km 3,7
08130 Santa Parpétua de la Mogoda
(Barcelona)